어쩌면 거친 자갈길을 걷고 있을

_____ 님께

돌멩이가 있는 이유

삶의 **자갈길**을 걸을 때
힘이 되는 이야기

돌멩이가 있는 이유

김태광 엮음

오늘의책

차례

1부 비바람이 부는 날

3부 한 사람만 있다면

2부 예기치 못한 선물

비바람이 부는 날

1

우리는 그동안 너무 정신없이 살아왔습니다.
잠시 삶의 무게를 내려놓고 자신이 어디에 있는지 돌아보십시오.

당신 삶에
돌멩이가 있는 이유

어느 유치원에서 소풍을 갔다.

한 아이가 졸졸 흐르는 시냇물을 보고
선생님에게 물었다.
"선생님, 시냇물은 왜 소리를 내며 흘러가요?"
아이의 질문에 선생님은 시냇물에 귀를 기울였다.
정말 시냇물은 '졸졸' 정겨운 소리를 내며 흘러가고 있었다.
소풍에서 돌아온 선생님은
이책 저책을 들추며 그 이유를 알아냈다.

시냇물이 소리를 내는 것은
물속에 돌멩이가 있기 때문이란 걸.

지금 하는 일들이 뜻대로 되지 않는다고
절망하거나 좌절하지 마십시오.
그 절망 안에서 자신이 가장 잘할 수 있는 일이
무엇인지 생각하십시오.

왜 미리 걱정하는가

중국 전국시대 위나라에서 있었던 일이다.

신하 한 사람이 큰 잘못을 저질러 사형선고를 받았다.
그 신하는 왕에게 살려달라는 탄원서를 올렸다.
"소인에게 1년이라는 시간을 주시면
폐하께서 가장 아끼는 말에게 하늘을 나는 법을 가르치겠나이다.
1년이 지나도 날지 못하면 그때는 엄벌을 달게 받겠나이다."
이 탄원이 받아들여지자 동료 죄수들이 그를 비웃었다.
"설마 말이 하늘을 날 수 있겠어?"
이 말에 그 신하는 이렇게 응수했다.

"1년 안에 왕이 죽거나 내가 죽을지도 모르는 일이다.
또 그 말이 죽을지도 모른다. 1년 이내에 무슨 일이 일어날지
미래의 일을 누가 알겠는가. 1년이 지나면
정말 말이 날 수 있는 방법이 생길지도 모르지 않는가."

아무리 둘러봐도 출구가 없습니까?

"신이시여, 왜 거미를 창조하셨습니까?
거미줄로는 옷감을 짤 수도 없는 걸요."

소년의 질문에 신이 대답했다.
"비록 거미가 미물이긴 하나
언젠가는 너에게 큰 도움을 줄 것이다."
어느덧 소년은 용감한 전사가 되어
사람들의 칭송을 한몸에 받게 되었다.
그러자 시기심 많은 왕이 그를 죽이려고 했다.
미리 이 사실을 눈치 챈 소년은 먼 곳으로 도망쳤다.
그러나 왕의 군사들은 계속 그를 찾아다녔고
마침내 가까운 곳까지 추적하기에 이르렀다.
그는 동굴 속으로 얼른 몸을 숨겼다.
그런데 누군가가 입구 쪽으로 다가오고 있었다.
바로 그때 큰 거미 한 마리가 빠른 속도로
동굴 입구에다 거미줄을 치기 시작했다.
군사들은 거미줄 앞에 멈췄다.

"그놈이 이곳으로 숨어들었다면
거미줄이 찢겨 있어야 할 텐데, 아주 멀쩡하군.
다른 곳으로 도망친 것이 틀림없소."

문득 모든 것이 허무할 때

1975년 12월 22일 파바로티는 지쳐 있었다.

'세계 3대 테너'라는 자리에까지 올랐지만
공연을 마치고 집으로 돌아가는 비행기 안에서
갑자기 모든 것이 허무하다는 생각이 들었다.
100킬로그램이 넘는 뚱뚱한 몸도, 사회적 성공도,
그렇게 좋아하는 노래도 별 의미가 없었다.
그저 모든 것을 잊고 집에서 쉬고 싶었다.
그런데 공항에 도착한 비행기가
짙은 안개 속에서 착륙을 시도하다가
활주로를 벗어나 추락하고 말았다.
사고로 잠시 정신을 잃었던 그가 깨어난 곳은
끔찍한 사고 현장의 한가운데였다.
눈앞에 펼쳐진 아수라장 속에서 그는 어떤 울림을 들은 듯 했다.
'이런 생사의 갈림길에서 내 삶은 아무래도 좋은가.'
그 순간 그는 결코 노래와 떨어질 수 없다는 것을 깨달았다.

그리고 살아 있다는 것은 정말 감사한 일이라는 사실도.

등산을 좋아하는 사람들 몸에는 흉터가 많다고 합니다.
그 흉터들은 험한 산을 오르면서 거친 나뭇가지에 찢기거나
돌부리에 걸려 넘어져 생긴 것입니다.
등산도 이럴진대 하물며 우리 인생은 어떻겠습니까?

어느 홈런왕의 비결

22시즌을 뛰면서 714개의 홈런을 기록한 베이브 루스.

베이브가 며칠 동안 연습에 빠진 일이 있었다.
동료들은 아픈 것이 아닌가 걱정이 되어 그의 방으로 찾아갔다.
노크를 하려는데 방안에서 음악이 흘러나왔다.
문을 열어보니 베이브는 동료가 들어온 것도 모른 채
마치 홈런을 치기 전의 자세로 온 신경을 집중하고
레코드판을 노려보고 있었다.
동료들은 놀라서 한참이나 그 모습을 바라보다가
베이브에게 그 연유를 물었다.
"지금 한가롭게 음악이나 듣고 있을 땐가?
도대체 지금 뭘 하고 있었어?"
그러자 베이브가 멋쩍게 웃으며 말했다.

"실은 지금 홈런 연습을 하고 있었네. 공을 제대로 치려면
날아오는 공을 정확히 볼 수 있어야 하거든. 그래서 돌아가는
레코드판의 바늘 끝을 공이라 생각하고 따라가고 있었네.
처음에는 회전이 빨라 바늘 끝을 놓치기 일쑤였고
어지러워 속이 울렁거리기도 했네.
그런데 어느 순간부터 판의 회전이 느려지더군.
이제는 바늘 끝을 놓치지 않는다네."

욕심 그릇은 작으면 작을수록 자유롭고 행복합니다.
반대로 만족 그릇은 크면 클수록 행복합니다.
현자들은 행복은 가진 것에 있는 게 아니라
가진 것에 만족하는 것에 있다고 말합니다.

아름다운 노래가 된 밤

1818년 어느 늦은 밤 오스트리아의 작은 시골 성당.

모올 신부는 땀을 뻘뻘 흘리며 오르간을 고치고 있었다.
크리스마스를 일주일 앞두고 오르간이 덜컥 고장 난 것이다.
성탄 미사도 드려야 하고 연극 발표회도 해야 하는데
하나뿐인 오르간이 고장 났으니 난감하기만 했다.
시골 마을이라 기술자를 부를 수도 없었다.
그렇다고 새로 구입할 형편도 아니었다.
그래서 직접 오르간을 고치겠다고 나서봤지만
도무지 어디가 어떻게 고장이 났는지 알 수 없었다.
상심한 그는 일손을 멈추고 창밖을 내다보았다.
달빛이 마을을 비추는 풍경이 평화롭고 아름다웠다.
'참으로 고요한 밤이구나.'
마을 풍경에 감동 받은 그 순간 아름다운 시 한 편이 떠올랐다.
그는 즉시 펜을 들어 떠오르는 글을 쓰기 시작했다.
다음날 아침 그는 오르간 연주자인 구루버 선생을 찾아가
시를 보여주며 작곡을 부탁했다.
그해 성탄절, 모올 신부가 쓴 시에 곡을 붙인 음악이
오르간 대신 기타로 연주되었다.

이 노래가 바로 〈고요한 밤 거룩한 밤〉이다.

나무는 서로 일정한 간격을 유지하고 있습니다.
사랑은 서로 일정한 간격을 두되 마음은 항상 함께 하는 것입니다.

당신은 구워지는 중이다

영국의 조지 왕이 어느 도자기 공장에 들렀을 때의 일이다.

왕은 평소 도자기에 남다른 관심이 있던 터라
도자기가 전시된 방을 둘러보며 아름다움에 감탄하고 있었다.
그러다가 2개의 꽃병이 나란히 전시되어 있는 것을 보았다.
자세히 보니 2개의 꽃병은 원료와 무늬가 같았다.
그러나 하나는 맑은 빛에 유려한 선이 예술품 같았지만
다른 하나는 투박하고 볼품없는 모양이었다.
"2개의 꽃병 모두 같은 원료를 사용하지 않았소?
그런데 느낌이나 작품의 완성도가 너무 다르오.
하나는 아주 훌륭하게 만들어졌으니 전시한다손 치더라도
다른 하나는 이곳에 두기엔 형편없는 것 같소.
그런데 어째서 2개의 꽃병을 나란히 두었소?"
왕의 물음에 공장장은 이렇게 말했다.

"하나는 불에 구워졌고 다른 하나는 구워지지 않았습니다.
시련은 인생을 풍요롭게 그리고 아름답게 합니다.
2개의 꽃병을 나란히 둔 것은 그런 뜻을 말하기 위함입니다."

세상에서 가장 열기 어려우면서도
쉬운 것이 마음의 문입니다.
마음의 문 열쇠는 바로 자신에게
있으니까요.

모든 것에는 의미가 있다

권투선수 무하마드 알리는 56승 5패를 기록했다.
그러나 인간 무하마드 알리에겐 마지막 시합이 남아 있었다.

그에게 파킨슨병이 발병한 것이다.
뇌세포 손상으로 근육이 마비되어 끝내 죽음에 이르는 병.
그러나 그는 1996년 애틀란타 올림픽 성화 최종주자로 섰다.
알리의 떨리는 두 손에서 옮겨진 불은 천천히 줄을 타고
25미터가량 되는 사각형 성화대로 올라가 불꽃을 드러냈다.
그날 이후로 알리의 집에는 감사 전화와 편지가 쇄도했다.
그의 성화 점화 모습을 보고 희망을 갖게 됐다는 내용이었다.
어떤 부인은 감격에 찬 목소리로 말했다.
"당신은 내 남편에게 삶의 희망을 주었어요.
죽을 날만을 기다리던 남편이
'나도 알리와 같은 파킨슨병 환자'라며 자기도 살고 싶대요."
이때부터 알리는 '파킨슨병 바로 알기 운동'을 펼치기 시작했다.
그는 강연 요청이 있으면 불편한 몸을 이끌고 어디든 찾아갔다.

"내가 성화에 점화할 때 왜 울었죠?
나도 했는데 여러분은 왜 못합니까?
무슨 일이든 포기하지 마세요."

비웃음이 놀라움으로

1970년 방콕 아시안 게임, 고등학교 2학년 조오련 선수가
400미터 경기에 출전했을 때 이야기다.

그가 경기 전에 몸을 푸는 동작을 하자,
다른 나라 선수들이 키득키득 웃기 시작했다.
그의 준비운동 동작이 너무 서툴고 우스꽝스러웠기 때문이다.
조오련 선수는 체계적으로 훈련을 받아 본 적이 없었다.
그래서 늘 하던 대로 투박한 동작으로 몸을 풀었고
다른 선수들은 '어느 나라 출신이야?' 하며 그를 비웃었다.
그러나 경기가 끝났을 때 비웃음은 놀라움으로 바뀌었다.
준비운동 하나 제대로 할 줄 모르는 무명 선수가
제일 먼저 들어왔기 때문이다.
이튿날 1500미터 경기에 그가 다시 출전했을 때,
관중들은 특이한 광경에 웃음을 터트렸다.
다른 선수들이 조오련 선수의 준비운동을 곁눈질하면서
그의 동작을 흉내 내고 있었던 것이다.
조오련 선수는 이 경기에서도 금메달을 목에 걸었다.

그날 이후 그의 특이한 몸풀기 동작은
가장 인기 있는 준비운동이 되었다.

앞서 가고 싶다면

유능한 금융가 프랭크 밴더립이 시티뱅크에서 일할 때 이야기다.

그는 능력을 인정받아 처음부터 높은 월급을 받았다.
또한 개인 사무실에 비서까지 두었다.
첫날은 아무 업무도 주어지지 않고 그냥 지나갔다.
이튿날도 그 다음 날도 그 다음 날도 마찬가지였다.
다음 주에 밴더립은 사장실로 찾아가서 말했다.
"월급은 많이 받는데 일이 없으니 신경이 쓰입니다.
그래서 하는 일 없이 앉아 있기 뭣해서
우리 은행의 사업을 확장할 계획을 세워봤습니다."
사장은 무슨 계획을 세웠는지 물었다.
"채권 부서를 만들고 광고를 집행할 생각입니다."
"뭐라고요? 광고를 한다고요?
우리는 지금까지 단 한 번도 광고한 적이 없어요.
현재까지 광고 없이도 멀쩡히 잘해 왔어요."
"그럼 지금부터 광고를 시작하십시오.
우리 은행의 첫 광고는 제가 기획한 채권부에 관한 것이 될 겁니다."

시티뱅크가 최고의 금융기관으로 자리 잡을 수 있었던 것은
밴더립과 같은 행동가가 있었기 때문이다.

원하는 일을 당장 할 수 없다고 실망하지 마십시오.
현실은 바뀌기 마련입니다.
내가 진정 하고 싶은 일이 무엇인지, 왜 하고 싶은지
파악하고 나서 나중에 찾아올 그때를 위해
지금 최선을 다해야 합니다.

그 일을 할 때 행복합니다

조앤 K. 롤링이 기차로 런던과 맨체스터를 오가며
회사를 다니던 어느 날이었다.

창밖을 내다보던 그녀에게 불현듯
'해리'란 이름의 마법사 소년 이야기가 떠올랐다.
그렇게 시작된 '해리포터' 시리즈는
그 뒤 포르투갈에서 영어 교사로 재직하던 시절과
결혼과 출산 그리고 이혼이라는 아픔을 겪는 시간 동안
꾸준히 모양을 갖추어나갔고, 딸과 함께 영국으로 돌아와
생활고에 시달리는 동안 완성되었다.
그러나 출판사로 보낼 원고를 복사할 돈이 없어
타자기로 8만 단어에 달하는 원고를 두 번이나 옮겨야 했다.
마침내 1996년 원고를 보낸 한 출판사와 계약을 맺었고
책은 출간되자마자 놀라운 속도로 팔려 나갔다.
그녀는 성공한 작가가 된 뒤 한 인터뷰에서 이렇게 말했다.

"내가 뭔가를 해냈다는 사실이 기쁘고
내가 잘하는 일이 하나쯤은 있다는 것을 알아서 기쁩니다.
사실 저는 다른 일에는 별 쓸모가 없는 사람이기 때문입니다.
아마 저와 일한 사람들은 저처럼 조직적이지 못한 사람은
처음 봤다고 생각했을 겁니다. 저는 일에 서툴렀습니다.
잘하려고 하면 할수록 더 헤매곤 했으니까요.
하지만 이제 저는 잘하는 일을 찾았고
그 일을 할 때 행복합니다."

상처 없는 새

히말라야 산맥 벼랑에 한 무리의 독수리들이 모여들었다.

날기 시험에서 낙방한 독수리,
이성에게 버림받은 독수리,
힘센 독수리의 폭력에 상처 입은 독수리.
그들은 자기들만큼 불행한 독수리는 없을 거라고 생각했다.
그리고 이렇게 사느니 죽는 게 낫다는 데 의견을 모았다.
이때 영웅 독수리가 이들 앞에 내려왔다.
"왜 자살하려고 하느냐?"
"괴로워서요. 이렇게 사느니 차라리 죽는 게 나아요."
이 말을 듣고 영웅 독수리가 조용히 말했다.
"나는 어떤가? 상처 하나 없을 것 같은가?
그러나 내 몸을 봐라."
영웅 독수리가 날개를 펼치자 여기저기 상처들이 드러났다.

"이건 날기 시험 때 솔가지에 찢겨 생긴 것이고
이건 나보다 힘센 독수리의 발톱에 찍힌 자국이다.
이 상처들은 겉으로 드러난 상처고 마음의 상처는 헤아릴 수도 없다.
상처 없는 새란 이 세상에 나오자마자 죽은 새밖에 없다.
살아 있는 새 중 상처 없는 새가 어디 있으랴!"

한 줄기 빛

한 병사가 전쟁터에서 아버지가 위급하다는 전보를 받았다.

병사는 뜬눈으로 밤기차를 타고 병원으로 갔다.
그가 중환자실로 들어섰을 때,
산소마스크를 쓴 채 급히 실려 나오는 사람이 보였다.
병사는 아버지인 줄 알고 가까이 살펴보았다.
다행히 아버지는 아니었다.
그런데 아버지가 위급하다는 전보의 수신자는
원래 병사가 아닌 다른 사람이었다.
병사는 그 사실을 안 순간 안도의 숨을 내쉬었다.
하지만 보호자도 없이 실려 나가던 노인의 모습이
마치 아버지 모습처럼 보였다.
병사는 뛰어가 의사에게 물었다.
"이분이 얼마나 사실 수 있습니까?"
"몇 시간 남짓이요."
병사는 노인의 아들을 생각했다. 전쟁터에서 아들은
아버지가 사경을 헤매고 있는 것도 모르고 싸우고 있을 것이다.
그리고 삶의 마지막 순간을 아들과 함께 하고 싶을
노인의 심정을 헤아렸다.
병사는 몸을 숙여 가만히 노인의 손을 잡고 말했다.
"아버지, 제가 돌아왔습니다."

노인은 병사의 손을 꼭 잡았다.

남을 배려하면서 다른 목적이 있어선 안 됩니다.
그것은 가식적인 사랑입니다.
이런 가식적인 사랑은 베풀지 않는 것보다 못합니다.
왜냐하면 상대방에게 상처를 주기 때문입니다.

꿈이 있는 사람은 절망하지 않는다

〈물랭 드 라 갈래트의 무도회〉를 그린 오귀스트 르누아르는
프랑스의 어느 가난한 집에서 태어났다.

부모님은 일자리를 찾기 위해 어린 르누아르를 데리고 파리로 갔지만
낯선 도시생활은 그들에게 가혹하기만 했다.
결국 르누아르는 상급 학교의 꿈을 접고 양복점에서 일해야 했다.
그 후 13살이 되었을 때 그는 도자기 공장에 들어가게 되었다.
그가 맡은 일은 도자기에 아름다운 그림을 그리는 일이었다.
그는 이때부터 점심시간만 되면 루브르 미술관에 들러
유명 화가의 그림을 보며 화가로서의 꿈을 키웠다.
르누아르가 17살이 되었을 무렵, 기계화 바람이 불면서
더 이상 도자기공의 일을 할 수 없게 되었다.
또 설상가상으로 신경통 때문에 손을 움직일 수조차 없었다.
그러나 그는 손에 붓을 매고서라도 그림을 그렸다.
부단한 연습과 색채에 대한 그의 남다른 열정은
서서히 비평가의 인정을 받기 시작했다.
어느 날 어떤 비평가가 르누아르에게 물었다.
"손이 불편한데 어떻게 그림을 그릴 수 있었습니까?"
그러자 르누아르가 대답했다.

"예술가가 자기에게 재능이 있다고 생각하면
결코 명작을 만들 수 없습니다.
그림은 손으로 그리는 것이 아닙니다.
눈과 마음으로 그리는 것입니다."

꿈이 없는 사람은 깊은 밤,
등대 없는 바다 한가운데서
표류하는 것과 같습니다.
꿈을 꾸는 사람은 왜 사는지 알고 있는
행복한 사람입니다.

돈과 사람

가난한 유태인이 근심 가득한 표정으로 랍비를 찾아왔다.

"랍비님, 저에게 40년 지기 친구가 있습니다.
함께 학교에 다녔고 함께 먹고 마시며 무엇이든 함께 해 왔습니다.
그런데 그 친구가 많은 유산을 물려받은 뒤부터 변했습니다."
랍비는 잠시 수염을 쓰다듬고는 입을 열었다.
"이리 와서 창밖을 내다보시오. 무엇이 보이시오?"
유태인이 대답했다.
"나무가 보입니다. 그리고 나무 아래 어린이가 놀고 있습니다.
또 어떤 남자가 무슨 일을 하고 있습니다."
랍비는 다시 말했다.
"그럼 이번에는 이 거울 앞에 서 보시오.
무엇이 보입니까?"
유태인은 거울을 유심히 들여다본 후 대답했다.
"저밖에 안 보이는데요."
그러자 랍비가 말했다.

"바로 그런 것과 마찬가지라오.
인간이란 돈이 없을 때는 창문 유리와 같아서 무엇이든 보이지요.
그런데 돈이 생기면 자기밖에 보이지 않게 되는 것이라오."

살아 있다는 것. 이보다 더 큰 행복이 있을까요?
가끔 삶이 지루할 때 내일이 없는 사람들을 떠올려 보세요.
우리에겐 내일이 있고 열심히 살아야 할 의무가 있습니다.

패배했다고 생각한다면
패배한 것이다

골프선수 아놀드 파머는 팬들로부터 한결같은 사랑을 받았다.

그의 친구이자 경쟁자 잭 니클라우스는 그 비결이 궁금했다.
그래서 아놀드 파머의 집을 방문해 물어보기로 했다.
그런데 거실에 들어선 잭은 깜짝 놀라고 말았다.
화려한 우승컵이 즐비한 자기 집 거실과는 달리
낡고 오래된 우승컵 하나만이 쓸쓸히 놓여 있었던 것이다.
"아니, 그 많은 우승컵은 어디 두고 이 컵 하나만 진열되어 있나?"
"내가 가진 우승컵은 이게 전부라네."
잭은 아놀드가 자신을 놀리는 거라고 생각했다.
어이없어하는 친구에게 아놀드가 말했다.
"이 우승컵은 프로 선수가 되어 처음 받은 것이네.
그 뒤에 받은 우승컵들은 의미가 없어 굳이 진열하지 않았지.
이 컵에는 마음을 다스리게 해 주는 글귀가 적혀 있어."
그의 우승컵에는 이런 글귀가 적혀 있다.

만약 당신이 패배했다고 생각한다면 패배한 것이다.
그러나 패배하지 않았다고 생각하면 패배하지 않은 것이다.
삶의 전쟁터에서 아무리 강한 사람도 늘 이길 수는 없다.
진정한 승리자는 자기가 할 수 있다고 믿는 사람이다.

여왕이 되십시오

오프라 윈프리는 파란만장한 인생을 살아왔다.

미혼모의 딸로 태어나 성폭행을 당했고 본인도 미혼모가 되었다.
그녀는 끊임없는 불행을 겪었지만 스스로를 특별한 존재로 여겼다.
그녀는 1993년 스펠먼 여자 대학 졸업식에 초청 받아
감동적인 연설로 뜨거운 박수를 받았다.

"여러분! 여왕이 되십시오. 용감하게 평범함을 넘어서야 합니다.
개척자가 되십시오. 지도자가 되십시오.
어떤 고통이 닥쳐도 삶을 껴안을 줄 알고 도전하는 사람이 되십시오.
진실을 찾는 사람이 되십시오.
사랑하는 마음으로 자신을 지배하는 사람이 되십시오.
여왕이 되십시오. 부드러운 여자가 되십시오.
계속 새로운 아이디어를 낳고 여자임을 기뻐하는 여자가 되십시오.
과거에 무슨 일을 겪었는지는 문제가 되지 않습니다.
어디 출신인지 부모님이 어떤 사람인지도 문제가 아닙니다.
문제는, 여러분이 어떤 사랑을 선택할 건지
직장이든 가정이든 세상에 공헌하고자 하는 분야에서
어떻게 그 사랑을 표현할 것인가 입니다.
여왕이 되십시오. 여러분 자신의 힘과 영광을 믿으십시오."

행복할 일만 남은 거네

젊은 시절 베토벤은 절망에 빠졌다.

사랑했던 여인이 떠났고 친구와의 말다툼으로 상처받는 일이 잦았다.
게다가 난청이라는 불청객은 음악가로서의 삶 전체를 뒤흔들었다.
현실의 무게를 견딜 수 없었던 베토벤은 인근 수도원을 찾아갔다.
그곳에는 고명한 수사 한 명이 있었다.
베토벤은 제발 나갈 길을 보여 달라고 눈물로 애원했다.
그러자 수사는 방 안으로 들어가 나무상자 하나를 들고 나왔다.
"여기서 유리구슬 하나를 꺼내게."
베토벤이 꺼낸 구슬은 검은색이었다.
수사는 다시 구슬을 꺼내보라고 했다.
이번에도 역시 검은색 구슬이었다.

"이보게, 이 나무상자 안에는 10개의 구슬이 들어있는데,
그 중 8개는 검은색이고 나머지 2개는 흰색이라네.
검은색 구슬은 불행과 고통을 뜻하고
흰색은 행운과 희망을 의미하지.
어떤 사람은 조금 더 운이 좋아 빨리 흰색을 뽑음으로써
행복과 성공을 붙잡기도 하지만,
자네처럼 연속해서 검은색 구슬을 뽑기도 한다네.
중요한 것은 아직도 2개의 구슬이 남아 있고
그 속에 분명 2개의 흰 구슬이 있다는 거야."

사랑의 모습은 다양합니다.

연인간의 사랑이 섬세하고 고운 꽃잎 같은 사랑이라면,

친구와의 사랑은

우직한 나무의 기둥 같은 사랑입니다.

다만 우리가 사랑의 다른 모습을

모를 뿐입니다.

상식의 한계

"정면을 보면서 바를 향해 머리로 돌진하라."

1960년대까지 높이뛰기 코치들은 예외 없이 이렇게 가르쳤다.
선수가 자신이 떨어질 곳을 보면서 도움닫기를 하면
심리적으로 안정될 뿐만 아니라 뛰어 오던 탄력을 유지함으로써
더 높이 뛰어 오를 수 있다고 생각했다.
하지만 딕 포스베리는 이런 상식을 비웃기라도 하듯이
몸을 비틀어 등으로 바를 넘는 새로운 기술을 선보였다.
〈타임〉지는 '유사 이래 가장 웃기는 높이뛰기 방법'이라고 혹평했다.
모든 사람이 포스베리를 비웃었던 것은 말할 나위도 없다.
심지어 "공식대회에서 이 방법을 인정하면 안 된다"라는 우려도 나왔다.
그러나 포스베리는 온갖 비웃음을 견디며 '배면도약법'을 익혔고
결국 1968년 멕시코 올림픽에서 세계 신기록을 세우며
금메달을 목에 걸었다.

그 후 육상계는 배면도약법을 '포스베리법'으로 공식화해
그의 공로를 인정했고 현재 모든 높이뛰기 선수는
배면도약 방식으로 바를 넘고 있다.

많은 기회들이 겉보기에는 중요치 않은 일상 속에 숨어 있습니다.
이런 기회들은 사소한 일에도 최선을 다하는 사람에게 다가가는 법입니다.

지금 하는 일이 괴로울 때

작곡가 안토닌 드보르자크는 1841년 체코 프라하에서 태어났다.

푸줏간과 여관을 운영하던 아버지는 바이올린을 즐겨 연주했다.
그런 아버지 밑에서 드보르자크는 음악에 눈을 떴다.
그러나 당시 체코의 관습대로 장남이 가업을 이어야 한다고 여긴
아버지는 그가 12살이 되자 푸줏간 일을 배우게 했다.
'음악을 하고 싶지만 아버지의 반대가 워낙 심하니
일단 아버지 일을 도우며 기회가 오길 기다리자.'
그는 음악의 꿈을 잠시 접고 우선 아버지 말씀을 따르기로 했다.
당시 체코는 독일의 통치 아래 있었기 때문에 독일어를 배워야 했다.
드보르자크는 독일어 교사 리만에게 독일어를 배웠는데,
이것이 그에게는 커다란 행운이었다.
리만은 마을에서 가장 뛰어난 피아노 연주자였던 것이다.
리만은 드보르자크에게 음악을 가르쳐주었다.
후에 드보르자크가 푸줏간 면허를 따자
그의 재능이 사장될까 걱정한 리만은 아버지를 찾아가
재능 있는 아들을 음악학교에 보낼 것을 권했다.
드보르자크의 아버지는 가업을 물려주지 못하는 것이 아쉬웠지만
자신을 실망시키지 않기 위해 내키지 않으면서도
푸줏간 일을 배운 아들이 무척 대견스러웠다.

"내 뜻을 존중해서 하기 싫은 푸줏간 일의 면허를 딸 정도라면
음악을 해도 성공하리라 아버지는 믿는다."

그의 영화가 감동을 주는 이유

어린 시절 찰리 채플린의 가정환경은 불우했다.

아버지는 일찍 돌아가셨고 어머니 혼자 재봉 일로 생계를 꾸려야 했다.
채플린은 남의 집 쓰레기통을 뒤져 끼니를 해결하기도 했다.
그러던 어느 날 그는 형의 도움으로 단역을 맡게 되었다.
나막신 댄스 공연 〈랭커셔의 여덟 소년〉으로
처음 무대에 섰을 때 그의 나이 고작 8살이었다.
채플린은 날마다 몇 시간씩 막일을 하고 서너 시간씩 공연을 해야 했다.
10살이 되어 〈셜록 홈즈〉에서 빌리 소년이라는
꽤 비중 있는 역할을 맡게 되었을 때
채플린은 몹시 기뻤지만 한편 불안했다.
글을 몰라 대본을 읽을 수 없었던 것이다.
예전에는 연출자가 일러 주는 대로 따라하는 단순한 역할이었지만
빌리 역은 대사가 제법 많았다.
채플린의 시무룩한 모습을 보고 어머니가 이유를 물었다.
이야기를 들은 어머니는 침대에 누운 채
대사를 한 줄씩 읽어 주며 채플린에게 외우게 했다.
채플린은 밤새 대사를 외워 다음날 무사히 공연을 마칠 수 있었다.

어린 시절 그가 느꼈던 삶의 애환은 그의 영화에 고스란히 담겨 있다.

공연한 걱정

어떤 화가가 술을 마시다가 옆에 놓인 신문을 집어 들었다.

'곧 엄청난 불황이 닥칠 것' 이라는 헤드라인이 보였다.
'불황이 온다고?' 화가는 술잔을 내려놓고 계산서를 달라고 했다.
이상히 여긴 주인이 물었다.
"그렇게 술을 좋아하는 양반이 웬일이오?"
"불황이 온다니 술값이라도 좀 아끼려구요."
화가가 나가자 술집 주인은 곰곰이 생각하다가 혼잣말을 했다.
'불황이라… 그렇다면 양복 맞추는 것도 다음으로 미뤄야겠는걸.'
술집 주인은 양복점에 전화를 걸어 불황 때문에 어쩔 수가 없으니
예약해 둔 양복을 취소하겠다고 통보했다.
"불황이라고? 그럼 아무래도 가게 확장 공사는 취소해야겠어."
양복점 주인은 건축회사에 공사 계획을 중지해 달라고 했다.
물론 불황 때문이라는 말을 덧붙였다.
"집사람 초상화는 나중으로 미뤄야겠군.
불황인데 그림 따위에 돈을 쓴다면 어리석은 일이야."
건축가는 곧 화가에게 전화를 걸어 초상화를 취소했다.
그로부터 며칠 뒤 화가가 다시 술집으로 찾아왔다.
늘 앉던 그 자리에 앉은 그의 눈에 신문이 띄었다.
며칠 전에 본 바로 그 신문이었다.

문득 신문이 조금 이상하다 싶어 날짜를 살펴보니
그것은 10년 전 것이었다.

절망은 이 세상을 사는 사람이면
누구나 느끼는 감정입니다.
절망이야말로 인생을 더욱 풍요롭게 해주는
인생의 영양제라고 생각해보십시오.

현실에 충실한 삶

수필가 찰스 램은 인도의 한 회사에서 오랫동안 근무한 적이 있다.

당시 그는 날마다 9시에 출근해 5시까지 줄곧 일에 매달렸다.
그러다 보니 책 읽을 시간도 글 쓸 시간도 없었다.
그는 늘 마음대로 시간을 쓸 수 있기를 간절히 바랐다.
세월이 흘러 그가 정년퇴직하는 날이 되었다.
"선생님, 정년퇴직을 축하합니다.
이제는 낮에도 글을 쓰게 되셨으니 더 좋은 작품이 나오겠군요."
찰스 램도 활짝 웃으며 유쾌하게 대답했다.
"햇빛을 보고 쓰는 글이니 별빛만 보고 쓴 글보다 더 빛나지 않겠나."
그러나 3년 뒤 찰스 램은 정년퇴직을 축하해 주던 여직원에게
다음과 같은 편지를 보냈다.

"사람이 하는 일 없이 한가한 것보다
눈코 뜰 새 없이 바쁜 것이 낫다는 사실을 알게 되었다오.
바빠서 글 쓸 시간이 없다고 했지만
이제 시간이 생겼는데도 글을 쓰지 못하는군요.
할 일 없이 빈둥대다 보면
스스로 자신을 학대하는 마음이 생기는데 그것은 참으로 불행한 일이오.
좋은 생각도 바쁜 가운데 떠오른다는 것을 비로소 깨달았소."

마음을 움직이는 힘은 다른 무엇도 아닌 마음 자체입니다.
상대를 진정으로 아끼고 배려해주는 마음이지요.
이런 마음이 상대방에게 감동을 불러일으킵니다.

욕심의 끝

옛날에 '이명'이라는 사람이 있었다.

자식은 없으나 엄청난 재산을 가진 사람이었다.
그러나 매우 인색하여 누구에게도 밥 한 끼를 대접하지 않았다.
그러던 중에 관아에서 그를 잡아갔다.
구두쇠 짓이 너무 지독해서 억지로 죄목을 만들어 잡아들인 것이다.
그런데 1년이 다 되도록 친족들조차 그를 들여다보지 않았다.
오직 사촌 한 사람이 매일 옥문을 드나들며 그를 보살폈다.
그러던 끝에 이명은 출옥하여 일가친척들을 모두 불렀다.
이명이 친족들에게 말했다.
"내 사촌이 날 극진히 돌보았다.
그래서 이 일을 기록하고 사촌에게 보답하고 싶다.
누렁 말과 암탉 한 마리를 준다고 적어라."
사촌은 실망했지만 그거라도 어딘가 싶어 적으려고 했다.
그런데 사촌이 적기도 전에 이명이 벌떡 일어나 말했다.
"잠깐! 아직 적지 마라. 아침에 닭이 알을 낳았네.
수탉 한 마리로 고쳐 쓰게."
사촌은 웃으면서 그렇게 적으려고 했다.
그런데 이번에도 그는 소리치면서 적지 못하게 했다.
"그 수탉도 아침마다 잘 운다.
새벽마다 제때 우니 남 주기가 아깝다."

그러자 친척들은 발끈해서 나가고 사촌은 붓을 던져버렸다.

참으로 이상한 일

사슴 한 마리가 물을 마시러 연못으로 뛰어갔다.

그리고는 오랫동안 물 위에 비친 자신의 모습을 바라보았다.
위엄 있어 보이는 자신의 뿔은 아무리 보아도 멋있었다.
하지만 자신의 다리를 보자 이내 얼굴이 찌푸려졌다.
나약하고 앙상한 다리가 부끄러웠던 것이다.
그때였다.
갑자기 사자 한 마리가 사슴이 있는 쪽으로 뛰어왔다.
놀란 사슴은 '걸음아 나 살려라!' 하며 달아나기 시작했다.
사슴은 너른 평원을 가로질러 사자를 앞질러 갔다.
평원을 지나자 울창한 숲이 나타났다.
사자가 바로 뒤에서 무섭게 추격해오고 있었다.
사슴은 헉헉거리며 계속 달렸다.
그런데 자꾸만 나뭇가지에 자신의 뿔이 걸리는 게 아닌가.
얼마 지나지 않아 사슴은 그만 사자에게 잡히고 말았다.
사슴은 슬픈 표정을 지으며 말했다.

"참으로 이상한 일이야.
내 모습 중에서 가장 창피했던 다리가 나를 살리고
가장 자랑스럽던 뿔이 내 목숨을 잃게 하다니!"

자기합리화

톨스토이의 아버지는 도자기를 수집하는 취미가 있었다.

어느 날 아버지가 새로운 도자기를 구입했다.
그러자 여동생이 자그마하고 고운 빛깔의 그 도자기를 달라며 졸랐다.
하지만 아버지가 그것을 선뜻 딸에게 내어줄 리가 없었다.
크리스마스를 앞두고 여동생은 아버지가 기분 좋은 틈을 타서
또다시 도자기를 달라고 조르기 시작했다.
"그래, 네가 그토록 좋아하는 것이니 가지렴."
도자기를 손에 넣은 여동생은 기뻐서 어쩔 줄 몰랐다.
그래서 오빠 방으로 뛰어 갔는데, 그 순간 문턱에 걸려 넘어지면서
그만 도자기는 산산조각이 나고 말았다.
"문턱이 너무 높아서 그랬어. 집 지은 사람이 대체 누구예요?
누가 이렇게 지어서 나를 넘어지게 했냐 말이에요?"
자기 잘못이나 실수는 인정하지 않고
집 지은 사람을 원망하는 동생을 보고 톨스토이는 어이가 없었다.

이 일은 톨스토이에게 깊은 인상을 남겼고
그의 작품 〈집 지은 사람의 잘못일까?〉의 소재가 되었다.

누군가를 사랑해 본 사람은 압니다.
상대에게 모든 걸 주고도 더 주지 못하는 안타까움.
추운 겨울날 제 손 시린 줄 모르고
사랑하는 이의 손을 따뜻하게 잡아 주는 그 기쁨.

노력은 위대한 사람을 만든다

모리스 장드롱은 20세기 열 손가락 안에 꼽히는 첼리스트였다.

어느 날 장드롱은 피카소를 만난 자리에서 불쑥
그림을 한 장 그려 달라고 부탁했다.
"저에게 가장 소중한 것은 첼로입니다.
그래서 선생님이 그려 주신 첼로 그림을 갖고 싶은데 가능할까요?"
"그럽시다. 내 근사한 첼로를 하나 그려 주지요."
그런데 그 뒤로 장드롱은 피카소를 몇 번 더 만났지만
피카소는 그림 이야기를 꺼내지 않았다.
장드롱은 피카소가 지나가는 말로 그렇게 대답했나 보다 생각하고
그 일을 잊기로 했다.
그 뒤 10년이 흐른 어느 날이었다.
피카소가 장드롱에게 그림 한 장을 불쑥 내밀었다.
첼로가 그려진 그림이었다.
이미 그 일을 까맣게 잊고 있던 장드롱이 깜짝 놀라서
어떻게 된 거냐고 물었더니 피카소가 이렇게 대답했다.

"당신에게 첼로를 그려 달라는 말을 듣고
10년 동안 날마다 첼로 그리는 연습을 했지요.
이제야 내 마음에 드는 첼로를 그려서 보여주는 거요."

사람은 누군가로부터 사랑받기를 갈망합니다.
이것이야말로 사람의 마음을 뒤흔들어 놓는 타는 듯한 갈증입니다.

남들 눈에 부러워 보여도

야생 나귀는 저 혼자 힘으로 먹을 것과 잠 잘 곳을 찾으며 살았다.

비가 오면 비를 맞고 찬 바람이 불면 추위에 떨면서
거친 나뭇잎이나 풀을 뜯으며 살아야 했다.
그러던 어느 날 산나귀는 사람들이 사는 마을로 내려갔다가
어느 집 외양간에서 한가롭게 풀을 먹는 집나귀를 보았다.
외양간은 비나 바람이 들이칠 일이 없이 아늑해 보였다.
게다가 나귀가 먹고 있는 풀은 아주 맛있어 보였다.
산나귀는 집나귀가 사는 모양이 부러운 나머지 신세 한탄을 했다.
그러자 집나귀는 퉁명스럽게 말했다.
"어디 한번 와서 살아봐. 과연 좋기만 할까?"
그 후 며칠이 지났다.
산나귀는 보릿섬을 가득 실은 수레를 끄는 집나귀를 만났다.
집나귀가 산나귀와 인사를 하려고 가던 길을 멈추자
주인은 몽둥이로 사정없이 집나귀의 등을 때렸다.
매를 맞은 집나귀는 아무 말도 못하고 다시 짐수레를 끌기 시작했다.

"저런 걸 모르고 나는 괜히 집나귀를 부러워했구나.
깨끗한 집에서 맛있는 먹이를 먹으며 이런 괴로움을 당하느니
불편해도 맘 편히 사는 내가 훨씬 행복한 거지."

예기치 못한 선물

2

눈으로 배운 지혜보다는 몸으로 배운 지혜가
더 귀중한 재산입니다.
훗날 어떤 힘든 시기가 찾아오더라도 기꺼이
일어날 수 있는 힘이 됩니다.

성장시키는 사람

쿠바 혁명가 체 게바라가 게릴라 활동을 벌일 때였다.

그는 한 번도 대장으로서의 특권을 주장한 적이 없었다.
오히려 부족한 식량 때문에 종종 식사를 거절하고
시가도 모든 대원들이 한 모금씩 돌아가면서 빨도록 했다.
또 전사자가 생기면 유가족에게 일일이 손수 편지를 써서 죽음을 알렸다.
어느 날 대원 한 명이 그를 찾아와 파이프 담배를 좀 달라고 했다.
그런데 그는 다음 날부터 그 대원에게 지급하는 담배 양을 반으로 줄였다.
그 대원이 불만을 터뜨리자 체 게바라는 이렇게 말했다.
"서면으로 요청하면 담배를 더 주겠네."
"저는 글씨를 쓸 줄도 읽을 줄도 모릅니다. 다른 방법은 없습니까?"
"그건 내가 알 바 아니네."
결국 대원은 동료에게 바나나를 주면서 대신 써달라고 부탁해야 했다.
동료는 귀찮다는 듯이 '체, 담배'라고만 써주었고
대원은 그것을 들고 체 게바라를 찾아갔다.
그러자 그는 빙긋이 웃으며 말했다.
"자네가 이렇게 부탁하면 담배를 줘야지.
다음에는 더 긴 문장으로 써 오게."
대원은 담배가 필요할 때마다 담배 요청서를 부탁해야만 했다.

그러나 동료에게 여러 번 부탁하기도 어려워지자
글을 익혀 직접 요청서를 쓸 수밖에 없었다.

어떤 선물이라도 시간이 지나면 퇴색하기 마련입니다.
그러나 선물에 담긴 마음은 어떤가요?
그 마음은 언제나 가슴속에 머물러 있습니다.

강한 사람에겐 강하고
약한 사람에겐 약한 사람

어느 날 방랑시인 김삿갓은 고래 등 같은 기와집을 찾아가
하룻밤 자고 가기를 청했다.

그러나 인색한 주인은 대문 앞에 밥상을 차려 주고는
어서 먹고 잠자리는 다른 데 가서 알아보라고 했다.
몇 끼를 굶어 허기졌던 그는 게 눈 감추듯 밥을 먹었다.
그는 밥값으로 '귀나당(貴娜堂)'이라는 세 글자를 써주었다.
주인은 '귀하고 아름다운 집'이라는 뜻이었으니 고맙게 받았다.
그러나 김삿갓의 얼굴에는 묘한 웃음이 흘렀다.
그 글자를 거꾸로 읽어보면 '당나귀'였던 것이다.
조금 가다가 그는 이번에는 낡은 초가집 앞에 멈춰 섰다.
하룻밤 묵어가기를 청하자 주인은 좁은 방의 귀퉁이를 내주었다.
그리고는 손님을 대접하지 못해 미안해하며 보리죽 한 그릇을 내놓았다.
김삿갓은 배가 불렀지만 주인의 마음씨에 싹싹 그릇을 비웠다.
숟가락을 놓은 그는 주인에게 이런 시를 읊어 고마움을 표현했다.

네 발 소반에 죽 한 그릇
하룻빛 구름 그림자 떠도네
주인이여, 미안해 할 것 없소
나는 청산이 물 위에 거꾸로 비치는 걸 좋아하니

사랑은 언제나 작은 관심에서 시작됩니다.
작은 돌멩이가 수면에 파문을 일으키듯 작은 관심에서
사랑이 물결처럼 번집니다.

너무 어려운 일

양반이 한 일꾼을 고용했다.

양반은 제일 먼저 외양간을 수리하도록 지시하면서
그 일은 이틀 정도가 걸릴 거라고 말했다.
그런데 놀랍게도 일꾼은 하루 만에 일을 마쳤다.
다음 날 양반은 나무를 베어 땔감을 마련하도록 지시했다.
그 일을 마치려면 나흘 정도가 걸릴 거라고 말했다.
하지만 일꾼은 하루 반나절 만에 일을 끝냈다.
이번에 양반은 그를 고구마 창고로 데리고 갔다.
양반은 일꾼에게 고구마를 세 가지로 분류하도록 지시했다.
씨앗으로 쓸 고구마, 겨울철 가축사료로 쓸 고구마,
장터에 내다 팔 고구마로 구분해서 쌓게 하였다.
양반은 고구마를 분류하는 일이 그리 힘든 일이 아니기에
천천히 해도 하루가 걸리지 않을 거라고 말했다.
날이 저물 무렵 양반이 창고에 다시 찾아왔다.
그러나 일꾼은 일을 시작조차 못한 채 쩔쩔매고 있었다.
"아니, 어찌된 일인가. 내가 자네에게 너무 많은 일을 시켰나?"
그러자 일꾼이 당황한 표정으로 이렇게 말했다.

"아닙니다. 저는 무슨 일이든 열심히 할 수 있습니다.
그러나 어떤 것을 결정하는 일은 너무 힘듭니다."

손해만 본다 해도

"그만하면 됐어!"

한 기술자가 꼼꼼한 동료에게 큰 소리로 말했다.
"나뭇가지를 조금 더 깔끔하게 자른다고 해서 누가 알아주진 않아.
시간만 더 걸리지. 누가 그 차이를 알겠어?"
"다른 사람은 몰라도 나는 알아. 그거면 충분해."
"그렇게 유난을 떨어봤자 무슨 소용이 있어?
요즘 그렇게 일하는 사람은 아무도 없다는 걸 알아야지."
"그렇다 하더라도 어쩔 수 없어. 내 일은 내 맘에 들 때까지 할 거야.
그렇게 하지 않으면 나 자신에게 부끄러워.
제대로 일하지 않고 받은 돈은 공짜로 받은 것과 같아.
나는 나를 존경하고 싶어. 아무도 그렇게 하지 않는다 하더라도."
"그런 식으로 살다간 손해만 본다고.
최소한의 노력으로 최대한의 돈을 버는 것이 나의 원칙이야."

"그래, 나는 자네보다 돈을 덜 벌 테니 자네는 원하는 대로 하게나."

누구를 위한 원칙인가

시카고에 있는 한 백화점은 VIP고객 한 명을 잃을 뻔했다.

점원이 그 고객의 애기를 듣지 않았기 때문이다.
"부인께서는 이 코트를 정기세일 때 사셨잖아요. 여기 읽어보세요."
점원이 큰 소리로 말하며 벽에 붙은 포스터를 가리켰다.
'반품 불가. 옷의 경우 안감에 흠이 있어도 저희는 책임지지 않습니다.'
부인은 불만스런 목소리로 말했다.
"하지만 이건 불량 제품 아닌가요?"
"그래도 어쩔 수 없습니다. 반품은 절대 안 됩니다."
고객은 다시는 여기에 오지 않겠다고 다짐하며 발걸음을 옮기려고 했다.
그때 백화점 점장이 지나가다 이 광경을 목격했고
자초지정을 듣게 되었다.
점장은 조심스럽게 코트를 살펴보고는 이렇게 말했다.

"세일 상품은 원칙상 반품이 안 됩니다.
그러나 그 원칙도 제품 자체가 불량일 때는 적용되지 않습니다.
저희가 책임지고 수선하거나 교환해 드리겠습니다.
또 원하시면 환불도 해드리겠습니다."

생일날 친구에게 선물을 받거나
힘겨울 때 듣는 힘내라는 말 한마디,
사랑하는 사람에게 한 통의 편지를 받는 것.
이 모든 것은 사소함 속에서 느끼는 감동입니다.

안데르센의 현명한 지적

덴마크의 동화작가 안데르센이 스위스를 여행할 때의 일이다.

어느 날 안데르센은 호텔 앞에서 마차를 탔다.
마부는 한참이 지나서야 목적지에 도착했다며 마차를 세웠다.
안데르센은 마차에서 내려 주변을 둘러보았다.
그런데 손이 닿을 것처럼 가까운 곳에 호텔 지붕이 보이는 것이 아닌가.
마부가 일부러 멀리 돌아온 것이다.
화가 난 안데르센은 마부에게 호통을 치려다가
순간 마음을 바꾸어 엉뚱한 질문을 던졌다.
"자네, 스위스 사람인가?"
"예, 그렇습니다."
안데르센은 일부러 고개를 갸우뚱하며 다시 물었다.
"그럴 리가 없네.
나는 스위스 사람들이 정직하다고 알고 있는데,
자네는 나를 속여 일부러 멀리 돌아 목적지에 내려주지 않았나.
그러니 자네는 절대 스위스 사람이 아니야."
그러자 마부는 돈을 조금 더 벌자고 얕은 수를 부린 게 부끄러웠다.

"선생님, 돈은 안 주셔도 됩니다.
하지만 스위스 사람들은 정말 정직합니다."

사람의 겉모습만 보고 그 사람의 내면까지 섣불리 판단하지 맙시다.
언젠가 얕본 그 사람에게 신세질 때가 있다는 것을 기억해야 합니다.

헤밍웨이의 수염

《노인과 바다》를 쓴 헤밍웨이는 멋진 수염으로도 유명했다.

어느 날 한 위스키 회사의 간부가 헤밍웨이를 찾아왔다.
헤밍웨이는 사냥과 낚시를 유달리 좋아했지만
술은 그리 좋아하는 편이 아니기에 조금은 의아했다.
회사 간부는 헤밍웨이의 턱수염을 보고는 매우 감탄했다.
"선생님은 정말 멋진 턱수염을 가지셨습니다.
우리 회사에서 선생님의 얼굴과 이름을 빌려 광고하는 조건으로
4천 달러와 평생 마실 수 있는 술을 드리고자 합니다. 허락해주십시오."
그 말을 들은 헤밍웨이는 잠시 생각에 잠겼다.
이 정도 조건이면 훌륭하다고 생각한 위스키 회사 간부는
기다리기 지루한 듯 대답을 재촉했다.
"무얼 그리 망설이십니까? 얼굴과 이름만 빌려 주면 그만인데요."
그러자 헤밍웨이는 무뚝뚝하게 말했다.
"유감이군요. 전 그럴 수 없으니 돌아가 주시기 바랍니다."
당황한 손님이 돌아간 뒤 비서는 왜 승낙하지 않았는지 물었다.

"얼굴과 이름을 대수롭지 않게 여기는 회사에게
내 얼굴과 이름을 빌려 준다면 어떤 꼴이 되겠는가?
그리고 사람들이 맛없는 위스키를 마시며 나를 상상한다는 것은
도무지 참을 수 없는 일이네."

사람을 사람으로 대한다는 것

미국의 노드스트롬 백화점은 고객을 감동시킨 수많은 일화로 유명한데
한번은 이런 일이 있었다.

초라한 행색의 여인이 백화점에 들어오더니
가장 고가의 여성복 코너로 들어갔다.
마침 빈민 구제 기관 직원이 백화점을 구경하다가
그녀를 발견하고는 도둑으로 몰리지 않을까 걱정돼 그녀를 따라갔다.
"무엇을 도와 드릴까요?"
그 여인은 이브닝 드레스를 사고 싶다고 말했다.
그러자 매장 직원은 원하는 스타일과 색상, 치수를 물어보더니
우아한 드레스 한 벌을 찾아 주었다.
그 여인은 드레스를 몸에 대보고는
잠시 뒤에 찾으러 올 테니 따로 보관해 줄 수 있느냐고 물었다.
"물론입니다. 그런데 얼마나 걸릴까요?" 하고 직원이 묻자
그 여인은 "아마도 한두 시간이면 될 거예요."라고 대답하고는
기분 좋은 얼굴로 백화점을 떠났다.
이 장면을 모두 지켜본 구제 기관 직원이 점원에게 물었다.
"제 눈에는 그 여인이 백화점 고객으로는 보이지 않았어요.
당신은 정말 그녀가 옷을 사러 올 거라고 생각합니까?"
그러자 직원은 이렇게 대답했다.

"제 일은 누가 백화점 고객인지 아닌지를 판단하는 일이 아닙니다.
바로 백화점에 오신 손님들을 정성을 다해 모시는 것입니다."

편지 한 통의 힘

《장 크리스토프》로 노벨문학상을 수상한 로맹 롤랑은
20살 무렵 작가가 될 것을 결심했다.

하지만 미래에 대한 불안으로 확신이 서지 않았다.
그러던 어느 날 톨스토이의 소설에 깊은 감명을 받은 그는
톨스토이에게 자기 심정을 토로하면서
교훈이 될 만한 가르침을 청하는 편지를 썼다.
롤랑은 답장이 오리라는 기대는 하지 않았다.
당시 대문호로 알려진 톨스토이가 무명의 젊은이가 보낸 편지에
답장해 줄 리 없다고 생각했던 것이다.
그런데 뜻밖에도 답장이 왔다.
롤랑은 그가 보여준 성실함에 감동했다.
그날 이후로 그는 자신에게 오는 어떤 편지에도 답장을 보냈다.
또한 롤랑은 톨스토이의 편지를 읽고 작가가 되겠다는 결심을 굳혔다.
'작가로서의 참다운 조건은 인류에 대한 사랑'이라는 문구 때문이었다.
그는 작가가 된 뒤 세계대전이 일어나자 전쟁을 반대하며
자신의 조국인 프랑스에게 전쟁을 그만둘 것을 요구했다.
또한 독일의 히틀러 정부가 자신에게 괴테상을 주려고 하자
자유를 억압하는 정부가 주는 상은 받지 않겠다며 거절했다.

톨스토이가 쓴 한 통의 편지는 롤랑의 인행 행적에 이정표가 되었다.

자신의 삶을 돌아봤을 때 열심히 살았다고 자부할 수 있다면 그것이 명예입니다.
지금 세상에는 진정한 자존심을 가진 사람이 필요합니다.

나머지 한 짝마저 내놓는 배려

간디가 먼 지방으로 강연을 가게 되었다.

바쁜 일정에 쫓기다 보니 어느새 기차 시간이 임박해졌다.
가까스로 기차에 오른 일행이 안도의 한숨을 내쉴 때 간디가 소리쳤다.
"앗, 내 신발!"
급히 기차를 타는 바람에 그의 발이 발코니에 걸리면서
헐렁했던 신발 한 짝이 벗겨진 것이었다.
벗겨진 신발 한 짝은 플랫폼 바닥에 떨어지고 말았다.
하지만 이미 기차가 제 속도를 내며 달리고 있었기에
신발을 주울 수가 없었다.
그 순간 간디는 나머지 신발 한 짝을 벗더니
좀 전에 떨어진 신발이 있는 곳을 향해 힘껏 던졌다.
"선생님, 두 발 다 맨발로 어쩌려고 그러십니까?"
일행 중 한 명이 간디의 행동에 놀라 물었다.
그러자 간디가 미소를 지으며 말했다.

"어떤 가난한 사람이 떨어진 신발 한 짝을 주웠다고 생각해보십시오.
그에게는 그것이 아무런 쓸모가 없을 겁니다.
하지만 이제는 나머지 한 짝마저 갖게 되지 않았습니까?"

자신의 공을 다른 사람에게 돌린다는 것,
이는 진정 마음을 비우지 않고서는 할 수 없는 일입니다.

존경받을 만한 인격

네루가 인도의 수상으로 있을 때 일이다.

10여 명의 학자들이 네루 수상을 만나기 위해 인도를 방문했다.
공항에 도착하자마자 그들을 반기는 것은 숨 막히는 더위였다.
그들은 수상의 사무실에 가면 시원할거라 생각하며 참기로 했다.
수상과 만나기 전 그들은 대기실에서 잠시 기다리게 되었는데
대기실 또한 냉방장치가 되어 있지 않았다.
게다가 의자는 앉아 있기 힘들 정도로 딱딱했고
얼마나 오래됐는지 조금만 움직여도 삐걱거렸다.
'외국 손님에 대한 기본적인 예의가 없는 나라군.'
아무도 말은 하지 않았지만 얼굴에는 불쾌한 표정이 역력했다.
그렇게 흐르는 땀을 연신 손수건으로 닦으며 한참을 기다려서야
그들은 네루 수상의 집무실로 안내되었다.
그런데 수상의 집무실로 들어선 순간 그들은 또 깜짝 놀랐다.
수상의 집무실에도 냉방장치가 되어 있지 않았고
그의 의자는 대기실 의자보다 더 딱딱하고 낡았기 때문이다.

악수를 청하는 네루 수상의 얼굴을 본 순간
대접이 소홀하다고 불평하던 그들은 부끄러움에 얼굴을 붉혔다.

발상의 전환

'아오야마 상사'는 1974년 도심 외곽에 신사복 전문점을 열었다.

그때까지 일본에서는 도시 변두리에 매장을 여는 일이 없었다.
아오야마 상사의 창업자 아오야마 고로는
'품질과 서비스가 좋고 가격까지 싸다면,
거리가 좀 멀어도 소비자가 반드시 찾아오리라.'라고 믿었다.
그의 예상대로 매장은 소위 히트를 쳤고
다른 회사들도 앞다투어 도심 외곽에 상점을 열었다.
그런데 1992년 10월 아오야마 상사는 1974년과는 반대로
동경 한복판에 332㎡(100평)규모로
'양복의 아오야마'라는 신사복 전문점을 열었다.
아무도 생각하지 못했던 도심 외곽에 상점을 만들더니
남들이 도심 외곽에 상점을 만들 때 도심으로 돌아온 것이었다.
개장 첫 날 매출액이 1억 엔을 가볍게 넘었다.
초기 투자액 3억 엔 중 3분의 1을 하루 만에 벌어들인 셈이다.
아오야마 고로는 사람들의 반응에 다음과 같이 대답했다.

"사람들은 가장 비싼 땅에서 가장 비싼 물건을 팔려고 하면서
가장 비싼 땅에서 가장 싼 물건을 팔려고는 하지 않았다.
남이 안 했기 때문에 내가 했고, 그것이 성공을 가져왔다."

내가 19살 때

데일 카네기의 조카, 조세핀 카네기가 그의 비서가 되려고 뉴욕에 왔다.

그녀는 19살로 이미 고등학교를 졸업했지만
직장 경험이라고는 거의 없었다.
어느 날 실수를 저지른 그녀를 야단치려고 할 때
카네기는 스스로에게 이렇게 충고했다.
'데일 카네기, 잠시만 기다려!
자네는 그녀보다 훨씬 나이가 많고 일의 경험도 월등하지 않나.
어떻게 그런 그녀에게 자네의 판단력, 창의력을 기대할 수 있는가.
자네는 19살 때 무엇을 하고 있었지?
자네가 저지른 우둔하기 짝이 없는 실수들이 기억나지 않는가?'
카네기는 그 이후부터 조카의 실수에 가혹해질 때
이렇게 말문을 열었다.

"조세핀, 실수를 했구나. 하지만 내 실수에 비하면 아무것도 아니란다.
올바른 판단이란 다양한 경험을 통해 생기는 거란다.
너를 나무랄 생각은 없단다.
그렇지만 네가 이렇게 해 본다면 더 현명한 일이 아니겠니?"

자신의 능력이 남보다 우월해도 가슴 속에 담아 두어야 합니다.
진정한 능력은 스스로 자랑하지 않아도 해처럼 떠오릅니다.

1천만 달러짜리 경험

IBM 설립자 톰 왓슨 시니어는 부사장단에게 신제품 개발을 지시했다.

부사장단의 어느 젊은 부사장이 신제품 개발을 추진했지만
결국 1천만 달러라는 막대한 손실만 내고 말았다.
왓슨은 이 문제를 논의하기 위해 부사장을 자기 방으로 불렀다.
젊은 부사장은 방에 들어서자마자 왓슨에게 사직서를 제출했다.
왓슨은 분노를 누르며 말했다.
"자네가 그만두려는 이유가 뭔가?"
"엄청난 자금을 쓰고도 신제품 개발에 실패했고
회사에 큰 타격만 입혔습니다. 제가 책임지고 떠나겠습니다."
왓슨은 젊은 부사장을 바라보면서 차분하게 입을 열었다.

"우리는 어마어마한 교훈을 얻기 위해 이제까지
1천만 달러라는 거금을 투자했네.
앞으로의 계획을 알고 싶어서 나는 좀이 쑤신단 말일세."

만약 상대가 논쟁 상대가
안 된다는 것을 증명한다 할지라도
얻는 게 무엇일까요?
자신이 다른 사람보다 우월하다는
허영심을 만족시킬 뿐입니다.

나를 미워하는 사람에게

어느 날 간디는 그를 반대하는 무리의 공격으로 심한 상처를 입었다.

며칠 뒤 경찰은 가해자를 찾았고 간디에게 증언해줄 것을 요청했다.
간디가 힘겨운 발걸음으로 법정 증언대에 섰다.
청중들은 간디가 그들의 잘못을 낱낱이 밝혀줄 것을 기대했다.
간디는 재판장을 둘러보고는 차분한 목소리로 말했다.

"피고인석에 앉아 있는 사람들은 나에게 어떤 원한이 있을지 모릅니다.
하지만 나는 저 사람들에게 아무 원한이 없습니다.
저들이 나를 미워한다고 나도 저들을 미워할 이유는 없으니까요.
내가 여기서 저들과 똑같이 미움으로 대한다면
나와 저 사람들 사이의 갈등은 사라지지 않을 겁니다.
미움은 미움을 버릴 때에만 그 사슬을 끊을 수 있습니다.
나는 이 사실을 믿고 있습니다.
따라서 나는 그들의 즉각적인 석방을 재판장님께 요구하는 바입니다."

알에서 갓 깬 어린 새는
아무리 날개를 퍼덕거려도 날 수 없습니다.
보송보송한 솜털이 달린 날개로는 회오리 바람을
견딜 수 없습니다.

행복한 선택

빌 헤이븐즈는 1924년 조정 부문 세계 최고 기록을 갖고 있었다.

그는 꿈에 그리던 파리 올림픽 출전을 눈앞에 두고 있었다.
하지만 그는 파리로 갈 수 없었다.
그 즈음 아내가 출산을 앞두고 있었기 때문이다.
처음에 빌은 올림픽에 출전해야 할지 아내 곁에 남을지 망설였다.
출전만 하면 금메달을 따는 것은 어렵지 않았기 때문이다.
하지만 빌은 평생의 꿈인 올림픽 금메달을 포기하고
아내 곁에 남아 아이가 태어날 때까지 산고를 함께 했다.
그로부터 28년 뒤 제15회 헬싱키 올림픽,
남자 조정 싱글 1만 미터 경기가 끝나고
빌에게 전보 한 통이 날아들었다.

아버지, 제가 세상에 태어날 때 어머니 옆에서
저를 기다려 주신 사랑에 진심으로 감사드립니다.
저는 아버지가 28년 전에 받으셨을 금메달을 목에 걸고 집으로 갑니다.
– 아버지의 사랑하는 아들, 프랭크로부터.

꽃씨를 심었다면 적당히 물을 주고 때론 받침목도 대주는 등 세심한 관심을 기울여야 합니다. 그대로 방치한다면 약한 바람에도 줄기는 부러지고 맙니다.

어디까지 소유해야 만족할까

"어떻게 하면 성자처럼 살 수 있을까요?"

고귀한 삶을 살길 원하는 남자가 스승을 찾아와 물었다.
스승은 소박하고 검소하게 살아야 한다고 말했다.
그러자 남자는 모든 재산을 처분하고 시골로 내려갔다.
그러던 어느 날 새들이 하나밖에 없는 속옷에 구멍을 내고 말았다.
이런 일이 계속되자 그는 고양이 한 마리를 구해 새들을 쫓기로 했다.
그런데 고양이를 기르자니 먹일 우유가 필요했다.
남자는 할 수 없이 젖소 한 마리를 얻었다.
그러자 이번에는 젖소에게 먹일 건초가 필요했다.
남자는 축사를 짓고 일할 사람을 고용해 사료와 축사 관리를 맡겼다.
그는 소유주가 되었고 결혼해서 아이들을 낳았다.
하루는 스승이 그를 찾아 마을에 왔다.
돌아보다 목이 말라 눈에 띄는 큰 농장으로 들어간 스승은
소스라치게 놀라고 말았다.
바로 자신의 제자가 화려한 옷을 입고 서 있는 것이 아닌가.
"이게 어찌된 일인가?"
제자는 애석해하는 목소리로 말했다.

"스승님, 속옷 한 벌이 그만 저를 이곳까지 오게 했습니다."

보석 같은 사람

한국전쟁 당시 한강 인도교가 끊기자
피난민들은 너나없이 나룻배를 타고 남쪽으로 내려갔다.

이제 남은 나룻배는 한 척밖에 없었다.
사공은 안타까운 표정으로 배에 탄 사람들에게 말했다.
"정원이 초과되어 도저히 노를 저을 수가 없군요.
이대로 가다간 한강변에 닿기도 전에 가라앉을 겁니다.
두 사람 정도는 배에서 내려야 합니다."
사람들은 서로 얼굴만 바라볼 뿐 아무도 선뜻 내리려 하지 않았다.
피난민 대열에서 빠진다는 건,
어쩌면 죽음의 길을 의미할 수도 있기 때문이다.
바로 그때 등에 짐을 진 뚱뚱한 남자가 조용히 일어섰다.
"저는 몸도 뚱뚱하고 또 무거운 짐까지 지고 있으니
제가 내리면 두 사람까지 내릴 필요는 없을 겁니다."
말이 끝나게 무섭게 그 남자는 배에서 훌쩍 뛰어내렸다.

그 남자는 바로 극작가 주태익 선생이었다.
평양신학교를 나와 백합원이라는 고아원을 운영하면서
평생 창작과 봉사활동으로 일관했던 선생은,
해방 이후 KBS, 기독교방송 등에서 방송작가로 활동했다.

우리 모두의 책임입니다

피오렐로 라과디아는 그의 이름을 딴
라과디아 공항이 있을 정도로 사랑받는 정치인이다.

뉴욕 시장을 세 번이나 연임한 그는 탁월한 현명함으로
뉴욕시에서 야간판사로 재직할 당시부터 명성이 높았다.
판사로 재직하던 어느 추운 겨울날,
한 노인이 빵을 훔친 죄로 붙들려왔다.
노인은 라과디아에게 자신의 힘든 처지를 설명했다.
"무슨 죄를 지었는지 저도 잘 알고 있습니다.
하지만 배고파 우는 아이들을 보고 가만히 있을 수 없었습니다."
하지만 라과디아는 단호했다.
"처지는 딱하지만 법에는 예외가 없소.
그러니 벌금 10달러를 내시오."
이 말과 동시에 라과디아는 주머니에서 돈을 꺼내며 말했다.
"자, 10달러가 여기 있소. 먼저 이 돈으로 벌금을 내시오.
그리고 이 법정에 있는 모든 사람들에게 50센트씩 벌금을 부과하겠소.
여러분은 이웃이 빵을 훔쳐야만 할 정도로 어려웠는데도
아무 관심도 갖지 않았소. 경사, 당장 벌금을 거두어 노인에게 주시오."

경찰은 모자를 돌려 방청객들로부터 걷은 벌금을 노인에게 주었다.
노인은 47달러 50센트를 받아 주머니에 넣고 법정을 나섰다.

우리가 밟고 있는 땅 밑에 광맥이 있듯이
행복은 아주 가까운 곳에 있습니다.

의자를 하나 내어 드릴까요?

한 노부인이 백화점을 둘러보고 있었다.

여기저기 매장을 기웃거렸지만 누구도 관심을 보이지 않았다.
점원들 대부분 노부인을 단순히 구경꾼으로 여겼기 때문이다.
마침내 노부인이 한 매장에 들어서자
한 직원이 정중히 인사하며 다가왔다.
"난 쇼핑하러 온 게 아니에요.
비가 그칠 때까지 그냥 시간을 보내고 있는 중이랍니다."
노부인이 말했다.
"알겠습니다, 부인."
직원은 미소를 짓더니 이렇게 말했다.
"그럼 제가 의자를 하나 내어 드릴까요?"
그리고는 얼른 의자를 가져왔다.
비가 그치고 나자 직원이 입구까지 노부인을 배웅했다.
백화점을 떠나면서 부인은 직원에게 명함 한 장을 달라고 했다.
몇 달 후 백화점 사장은 한 노부인으로부터 편지를 받았다.
스코틀랜드의 성에 가구를 들여놓고 싶으니
그 직원을 보내달라는 내용이었다.

그 노부인은 바로 앤드류 카네기의 어머니였다.

이런 정직성

한 청년이 장터에 갔다가 300냥이 든 돈주머니를 주웠다.

장터는 많은 사람들로 붐비고 있어서
주인을 찾아주고 싶어도 그럴 수가 없었다.
그는 하는 수 없이 돈주머니를 들고 그 자리에 계속 서 있기로 했다.
돈 주인이 찾아 헤매다 이곳을 지나치리라 생각했던 것이다.
이윽고 한 남자가 땅바닥을 두리번거리면서 청년 앞을 지나가게 되었다.
그 순간 청년은 그 남자에게 물었다.
"무엇을 찾으십니까?"
"글쎄, 오늘 장터에서 300냥이 든 돈주머니를 잃어버렸다오.
혹시나 찾을까 싶어 길을 되돌아보는 거라오."
한숨을 내쉬는 남자에게 청년이 돈주머니를 내밀었다.
깜짝 놀란 주인은 사례로 청년에게 150냥을 주겠다고 말했다.
그러나 청년은 고개를 가로저었다.
"제가 욕심이 있었다면 이 돈주머니를 통째로 가졌을 겁니다.
제 생각은 마시고 귀한 곳에 쓰십시오."

이 청년은 바로 1919년 3·1운동 때 기미독립선언서에 서명한
민족대표 33인 중의 한 명인 손병희 선생이었다.

아름다운 인연

어느 날 생원 이서우가 책을 읽고 있는데 너무 배가 고팠다.

그런데 갑자기 창 너머에서 방바닥으로 뭔가 툭 떨어졌다.
열어 보니 약밥이 담긴 그릇이었다.
이생원은 약밥으로 배를 채우고 기운을 차린 뒤 다시 공부를 했다.
이듬해 이서우는 마침내 문과에 급제해 숙종을 모시게 되었다.
그리고 몇 해가 지나 어느 보름날 숙종은 신하들과 술잔을 기울이며
밤이 깊도록 이야기를 나누고 있었다.
"몇 해 전 어느 날 밤 짐이 암행을 나갔지.
남산골에 이르렀을 때 초가집에서 힘없이 글 읽는 소리가 들려왔다네.
그 선비가 너무 기운이 없는 듯해 약밥 한 그릇을 넣어주었지.
지금 그 선비는 어찌 되었을꼬?"
이때 곁에 있던 이서우가 갑자기 숙종 앞에 머리를 조아렸다.
"전하, 이 은혜를 어찌 갚아야 할지요.
그 선비가 바로 소신이옵니다.
그 약밥 속에는 마제은(은으로 만든 말굽)도 들어 있었는데
은혜를 잊지 않기 위해 이렇게 간직해 오고 있었습니다."

이서우는 눈물을 흘리며 품 안에서 마제은을 꺼냈다.

진실은 언젠가 드러나게 되어 있습니다.
진실은 보이지 않는 날개를 달고 있어
미처 생각하지 못한 곳까지 날아갈 수 있습니다.

사랑하는 여러 가지 방법

안토니오는 음악을 무척 좋아하는 아이였다.

하지만 그에겐 아름다운 목소리도 악기를 다루는 재능도 없었다.
다만 손재주가 뛰어났던 그는 나무로 훌륭한 조각품을 만들곤 했다.
어느 날 안토니오는 최고의 바이올린 제작자 아마티 노인을 찾아갔다.
"할아버지, 저도 바이올린을 만들 수 있을까요?"
"왜 바이올린을 만들려고 하니?"
"저는 음악을 사랑하지만 노래도 못 부르고 악기도 연주할 줄 몰라요.
하지만 음악을 위해 무언가를 꼭 하고 싶거든요."
"음악을 하는 방법에는 여러 가지가 있단다.
어떤 사람은 악기로 또 어떤 사람은 좋은 목소리로 음악을 표현하지.
하지만 가장 중요한 것은 마음의 노래란다.
너는 손재주가 있으니까 거기에 네 마음을 불어넣으면
훌륭한 악기를 만들 수 있을 거야."
아마티 할아버지는 이렇게 격려하면서 그를 제자로 받아들였다.
안토니오는 평생 1천 개가 넘는 바이올린을 만들었는데
늘 먼저 것보다 더 잘 만들려고 노력했다.

이렇게 해서 탄생한 것이 그 유명한 '스트라디바리우스' 바이올린이다.

사랑은 세상에서 가장 전염성이 빠른 질병입니다.
또한 가장 오염되기 쉬운 청정지역이기도 합니다.
우리는 이런 사랑을 아름답게 가꾸어야 할 의무가 있는 사랑의 주인입니다.

과거를 기억하십니까?

이와사키 야토로는 미쓰비시를 설립해 세계적 기업으로 키운 경영인이다.

어느 여름날 여든을 넘긴 그의 어머니가 모기장을 꺼냈다.
"어머니, 이 낡은 모기장을 아직까지 보관하셨습니까?"
"오늘처럼 무더운 여름날 밤이면 쓰러져가는 고향 오두막집에서
너와 네가 이 모기장을 치고 달빛을 바라보면서
벌레소리를 자장가 삼아 편안히 잠을 잤지. 기억하느냐?"
아와사키의 어머니는 20대 초반에 남편과 사별하고
혼자 온갖 고생을 하며 그를 키웠다.
"이제는 내가 세상을 떠나야 할 날이 가까워진 것 같구나.
하지만 나는 네 앞날이 걱정된다.
그래서 죽기 전에 너에게 이것을 주는 것이다."
"예? 무엇이 걱정되십니까?"

"네가 아무리 크게 성공했더라도
옛날 이 낡은 모기장 속에서 잠자던 기억을 잊어서는 안 된다.
돈이란 그 운이 다하면 너를 떠날 수도 있는 것이다.
그러니 항상 이 모기장을 보며 어려웠던 시절을 기억하도록 해라."

흠이 보석이 되는 순간

보석상을 운영하는 한 남자가 유럽 여행을 갔다.

그는 여행 중에 진귀한 보석을 거액의 돈을 주고 샀다.
여행에서 돌아온 그는 보석을 이리저리 살펴보았다.
그런데 살 때는 보지 못했던 작은 흠이 눈에 들어왔다.
"아, 이런 흠이 있었다니!"
감정가들도 그 흠이 보석의 가치를 떨어뜨린다고 했다.
보석상 주인은 곰곰이 생각에 잠겼다.
'어떻게 하면 이 보석을 본래 가치로 되돌릴 수 있을까?'
오랜 시간 고민한 후에 그는 결정을 내렸다.
보석의 작은 흠에 장미꽃을 새기기로 한 것이다.
결과는 어떻게 되었을까?

흠에 새긴 장미꽃 하나로 보석의 가치는 몇 배 이상 뛰었다.

아줌마가 하나님의 부인이세요?

뉴욕의 12월 10살 남짓한 소년이 신발가게 앞에 서 있었다.

맨발인 채 가게 안을 들여다보는 소년에게 한 부인이 다가가 물었다.
"꼬마야, 진열장을 그렇게 뚫어져라 쳐다보는 이유가 있니?"
"저는 지금 하나님께 신발 한 켤레만 달라고 기도하고 있었어요."
부인은 소년의 손목을 잡고 가게 안으로 들어가 양말을 주문했다.
그런 다음 가게 뒤편으로 소년을 데리고 가 발을 씻겨주었다.
그리고는 양말 한 켤레를 소년의 발에 신겨주었다.
소년은 차가운 발에 따뜻한 온기가 전해지는 것을 느꼈다.
부인은 신발과 양말 몇 켤레를 쥐어주면서 말했다.
"애야, 이제 기분이 좀 나아졌니?"
소년은 엷은 미소를 띤 채 말없이 고개를 끄덕였다.
소년이 부인의 손을 잡고는 얼굴을 가만히 쳐다보았다.
그리고는 눈에 눈물을 가득 머금은 채 물었다.

"아줌마가 하나님의 부인이세요?"

우리는 모두 어떤 분야에서는 뛰어난 사람들입니다.
수학자 피타고라스도 어린 시절에는 아무 재능도 없는 아이라는 말을 들었습니다.

전화위복

랍비 아키바는 나귀와 개, 작은 램프를 챙겨 여행을 떠났다.

날이 어두워지자 아키바는 헛간을 발견하고 그곳에서 묵기로 했다.
아직 잠들기에는 이른 시간이라 램프를 켜고 책을 읽기 시작했다.
그런데 잠시 후 바람이 불어 램프가 꺼지고 말았다.
그는 짜증이 났지만 애써 잠을 청하기로 했다.
그런데 그가 잠든 사이 여우가 나타나 개를 물어 죽였고
사자가 나귀마저 물고 가 버렸다.
다음 날 그는 자신의 불행한 운명을 한탄하며 길을 가다가
쑥대밭이 된 어느 마을에 이르렀다.
어찌된 연유인지 알아보니, 전날 밤에 도적이 출몰해
마을을 파괴하고 사람들을 모두 죽였다고 말하는 것이 아닌가.
순간 아키바는 안도의 한숨을 내쉬었다.
만약 램프가 꺼지지 않았다면 도둑이 자기를 발견했을 것이고
개가 살아 있었다면 개 짖는 소리 때문에 도둑에게 발각되었을 것이고
나귀 역시 울음소리를 내서 죽음을 피할 수 없었을 것이다.
랍비는 전날 밤을 떠올리며 말했다.

"최악의 상태라도 인간은 희망을 놓지 말아야 한다.
또한 나쁜 일이 좋은 일에 연결될 수도 있음을 잊지 말아야 한다."

적도 아군도 아닌 그저 친구

미국의 남북전쟁 당시 후레더릭스벅에서 있었던 일화이다.

후레더릭스벅은 남군과 북군 모두에게 중요한 전략적 장소였다.
때문에 양쪽 군은 그 땅을 차지하기 위해 팽팽한 접전을 벌이고 있었다.
그러는 동안 남군 북군 할 것 없이 사망자 수는 급격히 늘어갔다.
부상자들의 신음은 점점 커졌고 모두 물을 달라고 울부짖었다.
이를 보다 못한 북군의 한 병사가 대위를 찾아가 말했다.
"대위님, 저들에게 물을 주십시오. 저들의 마지막 소원을 들어 주십시오."
그러나 대위는 단호히 거절했다.
지금 전장 속으로 뛰어드는 것은 죽음을 선택하는 것과 같았기 때문이다.
그 병사는 다시 대위에게 간청했다.
"대위님, 제발 허락해 주십시오. 저들은 모두 저의 친구입니다."
대위는 하는 수 없이 허락했다.
병사는 대위의 허락이 떨어지자마자 물 한 동이를 떠서
총알이 빗발치는 곳으로 달려가 전우들에게 물을 먹이기 시작했다.
총을 겨누던 남군은 병사가 하는 일을 보고는 총을 내렸다.

어느 순간 포화소리는 잦아들었고 평화로운 기운이 감돌았다.

세상에서 가장 비싼 선물

소녀는 쇼윈도에 장식된 보석을 한동안 살핀 후 가게 안으로 들어갔다.

소녀는 목걸이를 가리키며 조심스럽게 사고 싶다고 말했다.
"애야, 누구에게 선물할 거니?"
"언니요. 엄마가 돌아가셔서 언니가 저를 키우고 있어요.
그래서 고마운 언니에게 이 목걸이를 선물하고 싶어요."
"돈은 얼마나 가지고 있니?"
"제 저금통을 모두 털었어요. 이 돈이 전부예요."
주인은 가격표를 슬그머니 뗀 후, 목걸이를 정성스럽게 포장해주었다.
그리고 며칠 후 젊은 여인이 가게로 들어왔다.
여자의 손에는 소녀에게 팔았던 목걸이가 들려 있었다.
"이 목걸이, 이 가게에서 판 물건이 맞습니까? 진짜 보석인가요?"
"예, 저희 가게의 물건입니다. 보석임에는 틀림없습니다."
"누구에게 팔았는지 기억하시나요? 그리고 가격은 얼마입니까?"
주인은 여인이 소녀의 언니임을 눈치채고는 이렇게 대답했다.
"물론이지요. 이 세상에서 마음이 가장 아름다운 소녀에게 팔았지요."
주인이 보석 가격을 말하자 그 여인은 당황하며 물었다.
"그 아이에게는 그런 큰돈이 없었을 텐데요?"

"그 소녀는 누구도 지불할 수 없는 아주 큰돈을 냈습니다.
자신이 가진 전부를 냈거든요."

'원한다'는 것과 '간절히 원한다'는 것은 분명히 다릅니다.
간절히 원한다는 말은 아무리 괴롭고 힘든 일을 하게 되더라도
기꺼이 하겠다는 결심을 포함하고 있습니다.

맹인이 등불을 들고 있는 이유

한 나그네가 캄캄한 밤길을 걸어가고 있었다.

낯설고 험한 길이라 걷기가 무척 힘들었다.
나그네가 겁을 먹은 채 한 걸음 한 걸음 옮기고 있을 때
그리 멀지 않은 곳에서 등불이 반짝이는 게 보였다.
반가운 마음에 나그네는 한달음에 등불 가까이 갔다.
그러고는 등불을 들고 있는 사람을 보고는 깜짝 놀랐다.
그는 다름 아닌 맹인이었다.
나그네는 의아해 맹인에게 물었다.
"앞을 보지 못하는 분이 왜 등불은 들고 계십니까?"
맹인이 대답했다.

"나는 등불이 필요 없지만, 다른 사람에게는 도움이 되지 않겠소?"

가로등은 별빛이 닿지 않는 구석진 곳에 서 있습니다.
그래서 가로등 빛은 햇빛처럼 눈부시지는 않지만 아름답습니다.

신뢰의 깊이

깊은 산 속에 오래된 나무 한 그루가 있었다.

이 나무 위에는 독수리들이 둥지를 틀고 새끼를 키우고 있었고
나무 밑에는 돼지들이 새끼를 기르며 살고 있었다.
독수리들이 떨어뜨리는 나뭇잎과 찌꺼기는 돼지의 먹이가 되었고
돼지들의 찌꺼기는 독수리의 먹이가 되었다.
이들은 공생하며 평화롭게 지냈다.
이 모습에 샘이 난 여우가 이들을 갈라놓기 위해 한 가지 꾀를 부렸다.
여우는 독수리에게 이렇게 말했다.
"돼지들은 너희 새끼를 잡아먹으려고 매일 나무 밑동을 갉아먹고 있단다.
나무가 쓰러지면 새끼들은 떨어질 테고 그럼 돼지의 밥이 되겠지?"
그러더니 이번에는 돼지에게 가서 이렇게 말했다.
"독수리들은 너희 새끼들을 잡아먹으려고 항상 기회만 노리고 있어.
너희가 먹이를 구하러 가면 그때 독수리들이 내려오곤 한단다."
독수리와 돼지는 불안해서 집을 비울 수가 없었다.

그렇게 둘은 하루종일 서로 경계만하다 결국 굶어 죽고 말았다.

카네기는 이런 말을 했습니다.
"다른 사람의 생각이 전부 틀릴지도 모른다는 점을 기억하라."

나이 드신 어머니를 팝니다

어느 일간 신문에 나이 드신 어머니를 판다는 광고가 실렸다.

그날 저녁 한 부부가 광고에 적힌 주소를 보고 그 집을 찾아갔다.
그런데 부부의 짐작과는 달리 집이 호화로웠다.
벨을 누르자 한 노파가 나와 그들을 맞았다.
남편이 노파에게 물었다.
"어느 분을 파시는 거죠?"
"바로 나라오. 그런데 왜 늙은 어머니를 사려고 하오?"
"저와 제 아내는 어려서 부모를 잃었답니다.
그래서 부모님과 함께 사는 모습을 항상 부러워했지요."
노파는 부부를 물끄러미 바라보다 입을 열었다.
"그럼 이제부터 나는 자네들의 어머니네.
어머니로서 한 가지 제안을 하겠네.
이 집에서 함께 사는 것이 어떻겠나?"
"그게 무슨 말씀이세요?"
"보아하니 그리 넉넉한 것 같지 않은데, 어떻게 나를 부양하겠나?
그러니 이 집에서 함께 사는 게 좋겠네."
"그럼 왜 돈을 받고 팔겠다고 광고하신 겁니까?"

"만일 양자를 구한다고 했으면 내 돈을 보고 몰려들었겠지.
그러나 자네들은 없는 살림에도 나를 사러 왔으니 진정 내 아들딸이네.
그러니 지금부터 이 집과 재산은 자네들과 나, 우리 것이네."

세상에는 나보다 잘난 사람도 못난 사람도 없습니다.

내가 뿌린 사랑의 씨앗

1968년 1월 엘빈 다마는 미국 네바다주의 사막을 달리고 있었다.

가다 보니 차를 태워달라고 손을 들고 있는 한 노인이 있었다.
그는 노인을 목적지에 안전하게 내려주었다.
노인은 그에게 연신 고맙다고 말하면서 자기 이름을 말했다.
그런데 놀랍게도 억만장자 하워드 휴즈와 이름이 같았다.
"하워드 휴즈요? 에이, 어르신! 허풍이 너무 심하신데요."
그는 이 노인을 불쌍한 부랑자쯤으로 생각했다.
그래서 측은한 마음에 헤어질 때 25센트짜리 동전 한 닢을 건넸다.
"고맙소. 이 신세는 언젠가는 꼭 갚지요."
노인은 엘빈 다마에게 고맙다는 인사를 남기고 떠났다.
그리고 어느 날 엘빈 다마 앞으로 한 통의 편지가 도착했다.
갑부 하워드 휴즈의 유산 중 16분의 1을 기증받으라는 내용이었다.
16분의 1이라도 1천억 원을 훌쩍 넘는 돈이었다.

25센트 동전 하나가 몇억 배의 선물이 되어 돌아온 것이다.

강아지의 진짜 주인

강아지를 판다는 신문광고를 보고 어린 소녀가 찾아와 값을 물었다.

"한 마리에 20달러란다."
"저, 3달러 밖에 없는데요.
할아버지, 그래도 강아지를 좀 보여주시면 안 될까요?"
"얘야, 잠시만 기다려라. 강아지를 보여줄 테니."
노인은 털이 보송보송한 작은 강아지 5마리를 보여주었다.
소녀는 강아지를 살피고 난 뒤 노인에게 말했다.
"이 강아지는 다리를 다쳤나 봐요.
이 강아지를 사고 싶은데 부족한 돈은 매일 조금씩 갚으면 안 될까요?"
노인은 멀쩡한 다른 강아지를 두고
왜 다리를 저는 강아지를 사려는지 의아해 물었다.
"평생 다리를 절 텐데?"
"사실 저도 어릴 때 교통사고로 다리를 다쳐 잘 걷지 못하거든요.
이 강아지는 저처럼 많은 사랑과 보살핌이 필요할 거예요."

"이 강아지를 너에게 주마.
네가 이 강아지의 주인이라는 걸 알겠구나.
자, 돈은 필요 없으니 그냥 가져가거라."

고정관념

미국 오하이오주에 사는 두 소년은 바닷가에 낚시를 하러 갔다.

비록 낚시질은 서툴렀지만 꽤 고기가 많이 잡혔다.
한 친구는 열심히 고기를 잡아 그물망 속에 집어넣는 반면,
한 친구는 큰 고기는 놓아 주고 작은 고기만 그물망 속에 넣었다.
옆에서 낚시를 하던 친구는 의아한 얼굴로 물었다.
"네 행동을 이해할 수가 없어.
나 같으면 오히려 큰 고기를 집어넣고 작은 고기는 놓아줄 텐데.
무슨 특별한 이유라도 있는 거야?"
그 친구는 무심한 듯 툭 하니 대답했다.

"별거 아니야.
우리 집엔 7인치짜리 프라이팬밖에 없거든."

친구는 재물보다 소중합니다.
재물은 한순간에 사라질 수 있지만
친구는 세월이 갈수록 빛을 발하기 때문입니다.

행복 바이러스의 감염 경로

14살의 바비는 슈바이처 박사에 관한 책을 읽고 감동을 받았다.

바비는 미공군 사령관 리처드 린제이 장군에게 편지를 썼다.
"제가 산 아스피린 한 병을 보냅니다.
이 약을 아프리카에 계신 슈바이처 박사님의 병원에
낙하산으로 떨어뜨려 주시면 감사하겠습니다."
편지를 읽은 린제이 장군은 이 편지를 방송국에 보냈다.
또 방송국에서는 소년의 따뜻한 사랑이 담긴 사연을 그대로 방송했다.
이 방송을 듣고 감동 받은 유럽 사람들이 많은 돈과 약품을 보내왔다.
린제이 장군은 40만 달러에 달하는 약품을 모아 비행기에 실은 뒤
아프리카의 슈바이처 박사에게 보냈다.

물론 그 비행기에 바비도 동승했다.

어떤 일을 하던 곁에서 그저 묵묵히 바라봐주고
믿어주는 사람이 있다는 것은 참으로 행복한 일입니다.
진실한 사랑은 불가능을 가능으로 만들어주는
잠재력이 있습니다.

다윈의 진화론

1831년 다윈은 남아메리카 대륙에 살고 있는 생물들을 보았다.

그는 환경에 따라 생물이 조금씩 변해왔다는 사실을 발견했다.
다윈의 이 획기적 이론을 전해 들은 동료는
누군가 먼저 그 이론을 발표할지 모른다며 다윈에게 발표를 재촉했다.
하지만 다윈은 완벽한 이론을 위해 20여 년에 걸쳐 연구를 거듭했다.
어느 날 다윈은 월리스라는 무명의 생물학자에게 학회 초대장을 받았다.
다윈은 월리스의 논문을 읽어보다가 자신의 이론과 흡사해 깜짝 놀랐다.
다윈은 갈등하기 시작했다.
'내가 논문을 발표하면 월리스 연구는 물거품이 될 것이다.
그리고 그는 평생 빛도 못 보고 살아가겠지.'
마침내 그는 월리스에게 진화론 발표를 양보하기로 결정했다.
다윈의 마음을 알아챈 월리스도 논문을 발표하지 않았다.

결국 두 사람은 공동 발표하기로 합의했다.

한 번 한 약속

링컨 대통령이 켄터키주를 방문하고 있을 때였다.

육군 대령이 대통령에게 위스키 한 잔을 권했다.
그러나 링컨은 정중하게 거절했다.
"대령, 성의는 고맙지만 사양하겠소."
대령은 잠시 후 담배 한 개비를 대통령에게 권했다.
링컨은 사양의 뜻을 전한 후 이야기 하나를 들려주었다.
"9살 때 어머니가 나에게 말씀하셨다네.
'이제 네 옆에 있을 날도 며칠 안 남은 것 같구나.
당부하건데 평생 술과 담배는 입에 대지 말거라. 약속해다오.'
그날 나는 어머니께 그러겠다고 약속했소.
그리고 지금까지 이 약속을 지켜왔다오.
이것이 내가 술과 담배를 거절하는 이유요."

대령은 링컨의 말이 끝나자 머리를 숙여 존경의 뜻을 표했다.

식물에게서 배우는 지혜

한 대학교수가 서로 다른 16종의 초목을 일정한 넓이의 땅에 심었다.

한곳에는 한 종류만 심었고 다른 땅에는 2종,
또 다른 땅에는 각각 4·8·16종씩 임의로 섞어서 심었다.
즉 어떤 식물은 홀로 또 어떤 식물은 여러 종이 함께 자라게 했다.
그런데 결과는 예상 밖이었다.
16종이 모여 사는 땅의 생산성이 가장 높게 나타난 것이다.
그것도 한 종의 식물만 자란 땅에 비해 무려 세 배나 높았다.
자기들 끼리 자란 식물이 가장 튼실할 거라는 예상은 완전히 빗나갔다.
교수는 연구 결과를 이렇게 정리했다.

"식물들은 영양분과 공간, 햇빛 등을 서로 나누면서 사용합니다.
여러 종이 함께 자라면 서로를 도와 다 같이 잘 됩니다."

꽃이 따가운 햇살을 견디면서 피어나는 것은 씨앗을 잉태하기 위함입니다.
새로운 날을 기약하면서 자신은 낙엽처럼 떨어지는 것이지요.

언젠가의 나를 믿어주는 사람

마이클 조던은 시카고 불스 구단까지 갈 택시비가 없었다.

겨우 돈을 융통해 시카고행 비행기에 오르긴 했지만
시카고 공항에서 구단까지 갈 택시비까지 마련하지는 못했다.
그는 택시를 세우며 말했다.
"전 마이클 조던이란 농구 선수입니다.
시카고 불스에서 뛰게 되었지만 그곳까지 갈 택시비가 없는데
그냥 좀 태워다주시면 나중에 꼭 갚겠습니다."
그러나 돈 한 푼 없는 흑인을 태워줄 기사는 없었다.
조던은 몇 시간을 택시 잡기에 시달리고 나서야
태워주겠다는 택시기사를 만날 수 있었다.
"지금은 택시비를 낼 수 없지만 언젠가 꼭 갚겠습니다."
그 말을 들은 택시기사는 웃으며 말했다.
"시카고를 위해 좋은 경기를 보여주세요.
제가 당신의 첫 번째 팬이 되겠습니다."
그 후 조던은 멋진 플레이로 그에게 답했고
언젠가 택시비를 갚겠다는 자신의 약속을 기억하며
기사를 백방으로 수소문했다.
그리고 어떤 인터뷰에서든 그 택시기사를 언급했다.

결국 두 사람은 감격스러운 재회를 했다.

허물을 덮어줄 수는 없느냐

한 스님이 큰 잘못을 저질렀다.

그러자 바로 징계위원회가 구성됐고
스승에게 징계 수위를 결정할 회의에 참석해줄 것을 요청했다.
하지만 스승은 참석하기를 거부하며 말했다.
"그의 허물을 덮어줄 수는 없느냐?"
"저희들도 신중하게 내린 결정입니다.
그러니 스승님께서도 저희의 청을 꼭 들어주십시오"
스승은 할 수 없이 참석할 채비를 하면서
제자에게 금이 간 항아리를 준비하라고 일렀다.
그리고는 다음 날 그 항아리에 물을 가득 채운 뒤
머리에 직접 이고서 길을 나섰다.
그가 제자들이 있는 절에 도착했을 때는
항아리에서 새어나온 물 때문에 몸이 흠뻑 젖어
그 행색이 몹시 초라했다.
스승의 모습을 본 제자들이 깜짝 놀라며 물었다.
"스승님, 어떻게 된 일입니까?"
그러자 스승은 항아리를 내려놓지도 않고 말했다.

"내가 저지른 잘못들이 내 뒤에서 떨어지고 있는데
나는 그것들을 보지 못한 채,
오늘은 다른 사람의 실수를 심문하러 온 것이네."

소박한 즐거움

어느 날 루스벨트 대통령이 유명 신문사에 직접 전화를 걸었다.

"지금 백악관으로 와 주시겠소?"
기자는 대통령의 말이 끝나기가 무섭게
'이거, 큰 특종이 터지겠군.' 하는 기대로 한달음에 백악관으로 갔다.
그러나 백악관에 도착한 기자는 맥이 탁 풀렸다.
떠들썩해야 할 백악관은 너무나 조용했고
대통령은 별말 없이 기자를 정원으로 데리고 갔다.
대통령은 큰 나무 아래 멈추어 서더니
나무둥치의 구멍 속을 들여다보라는 눈짓을 보냈다.
"올빼미들이 이곳에 새끼를 낳은 모양이오.
오늘 아침 내가 처음으로 발견했다오.
어찌나 예쁜지 나만 보고 있기에는 너무 아깝다는 생각이 들었소.
이걸 신문에다 좀 실었으면 하는데, 그래 줄 수 있소?"

기자는 기대했던 특종을 얻지는 못했지만
특종보다 더 귀한 것을 얻어서 신문사로 돌아왔다.

간혹 넉넉하지 못했던 시절이 더 행복했었다 라는 말을 듣곤 합니다.
그러고 보면 행복은 많은 돈에 있지 않나 봅니다.

큰돈 큰마음

퀴리 부부가 라듐을 발견하자 빨리 특허를 출원하라는 독촉이 잇따랐다.

특허를 출원해 큰돈을 벌어 편안하게 살라는 의미였다.
게다가 미국의 대기업들은 라듐 제조법을 팔라고 난리였다.
그러나 퀴리 부부의 생각은 달랐다.
라듐이 암 치료에 효과가 있는 원소이긴 하지만
오용할 경우 사람들에게 큰 해를 끼칠 수 있다고 생각했다.
곰곰이 생각하던 끝에 남편 피에르 퀴리가 말했다.
"과학자의 발견이 개인의 명예나 수단으로 이용돼서는 안 되오.
그러니 라듐의 제조 방법을 학계에 공개합시다."
남편 말에 그녀 또한 흔쾌히 승낙했고
그들은 즉시 아무 대가 없이 라듐의 제조 방법을 학계에 발표했다.
어느 인터뷰에서 기자가 물었다.
"특허를 내셨더라면 돈도 벌고 연구에 필요한 라듐도
마음대로 쓸 수 있었을 텐데 왜 그렇게 하지 않았습니까?"
이 질문에 퀴리 부인이 이렇게 대답했다.

"원소는 만인의 것입니다."

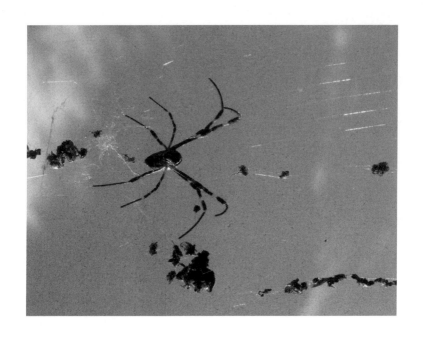

세상의 모든 일들은 한 방울 한 방울의 땀이 모여서 그 결실을 맺습니다.
세상에 공짜는 없다는 말은 진리입니다.

하루만 참아보기

어느 해 카네기는 라디오 방송에서 링컨의 정책들을 신랄하게 비판했다.

그로부터 며칠 뒤 그는 한 여성 청취자로부터 편지를 받았다.
그 여성은 그의 주장을 반박하며 이를 증명하는 자료를 함께 보내왔다.
그녀는 사실을 제대로 확인하지도 않았다며 카네기를 비난했다.
감정이 격해진 그는 즉시 비난과 경멸의 답장을 쓰기 시작했다.
그가 편지를 다 썼을 때는 이미 비서도 퇴근한 뒤였다.
그는 내일 편지를 부치려고 책상 위에 놓아두었다.
그런데 다음 날 아침 그 편지를 다시 읽어 본 그는 얼굴이 빨개졌다.
자신이 옹졸하고 교만하게 느껴졌던 것이다.
그는 다시 편지를 쓰기 시작했다.
어려운 충고를 해주어 고맙다는 말과 함께
좋은 친구로 기억에 남을 것이라는 정감 넘치는 내용이었다.
그 일을 계기로 그는 화나는 일이 있으면
하루가 지난 다음 다시 생각해보는 습관을 갖게 되었고
사람들에게 이런 이야기를 하곤 했다.

"화가 났을 때 자신에게 하루만 시간을 주십시오.
하루가 지난 뒤에도 화가 난다면 그때는 화를 내십시오.
그것이 너그러운 사람이 되는 비결입니다."

뿌리는 거친 바람에도 나무가 흔들리지 않도록 버팀목이 되어줍니다.
약속 또한 사람 사이의 믿음을 더욱 튼튼하게 해주는 역할을 합니다.

월튼이 절대 용납하지 않은 말

월마트의 창업자 샘 월튼은 1센트의 소중함을 아는 사람이었다.

하루는 월튼을 취재하기 위해 모인 기자들이
검소하기로 소문난 그를 시험해보기로 했다.
월튼이 걸어가는 길에 1센트짜리 동전을 놓고
그가 어떻게 하는지 지켜보기로 한 것이다.
숨죽여 기다리는 기자들 눈에 월튼의 모습이 보였다.
그런데 월튼이 길을 걷다가 허리를 굽혀 동전을 줍는 것이 아닌가.
보통 사람들도 소홀히 보아 넘기는 1센트짜리 동전을
세계적인 갑부가 걸음을 멈추고 주웠다는 사실에 기자들은 놀랐다.
한 기자가 자신들이 한 일을 사과하며 놀랐다고 말하자
월튼은 이렇게 말했다.
"나는 대공황 시기를 겪었고 무엇이든 아끼는 게 습관이 돼 있습니다.
많은 경영자들이 웬만큼 성공하면 '나는 할 만큼 했다.' 면서
땅을 사들이는데, 그게 바로 망하는 지름길이 아니겠습니까?"
월튼은 평생 허름한 옷차림으로 털털거리는 픽업 트럭을 타고
필요한 물건을 직접 사러 다녔다.
자녀들과 손자들은 마트에서 일해야 했고 신문배달도 해야 했다.

그는 평생 '게으른 부자'란 말을 용납하지 않았다.

장인 정신

구로사와 아키라 감독은 완벽을 추구하는 것으로 유명했다.

음식을 먹는 연회 장면을 며칠 걸려 찍을 때는
그날 촬영이 끝나면 '이 사람은 맥주를 이만큼 마셨다.' 면서
맥주잔의 높이까지 자로 재서 기록했다.
또 음식을 먹는 장면에서는 배우들이 안심하고 먹을 수 있도록
세트장 천장의 먼지까지 청소하기도 했다.
한번은 구로사와 감독이 칠장이에게 새 장롱을 사서 주며
낡은 장롱처럼 칠해 달라고 부탁했다.
그런데 촬영 일정이 빠듯해 구로사와 감독이 몇 번을 독촉해도
칠장이는 좀처럼 장롱을 내놓지 않았다.
구로사와 감독이 화가 나서 더 이상 기다릴 수 없을 때쯤에서야
칠장이는 감쪽같이 변한 낡은 장롱을 들고 나타났다.
무심코 장롱 서랍을 열어본 구로사와 감독은 깜짝 놀랐다.
"서랍 안쪽까지 다 칠하시다니 놀랐습니다."

"선생님도 아마 속이 칠해져 있지 않았으면 못마땅하셨을 겁니다.
저도 그건 싫거든요."

너는 세상에 태어나서 무엇을 했느냐

우장춘 박사가 한낮이 되어도 돌아오지 않자 제자는 걱정이 되었다.

제자는 새벽부터 배추밭에 가신 연로한 스승을 찾아 나섰다.
스승은 배추를 들여다보면서 노트에 기록하고 있었다.
"선생님, 이 땀 좀 보십시오. 이건 제가 할 테니 들어가 쉬십시오."
제자는 노트와 연필을 받아들려고 했다.
"괜찮네. 이것만 마저 하고 갈 테니 먼저 들어가게."
우장춘 박사는 다시 배추를 살폈다.
결국 스승의 고집을 꺾지 못하고 제자는 옆에 서 있었다.
우장춘 박사는 기록을 끝내고 제자에게 이렇게 말했다.

"자네, 내 얘기 하나 들어 볼라나.
죽은 뒤 염라대왕이
'너는 세상에 태어나서 무엇을 했느냐.' 하고 물으면
나는 '배추 잎사귀 하나 사람들 먹기 좋게 만들고 왔습니다.'라고
대답할 생각이네."

행동이 뒷받침되지 않는 일은 망상에 불과합니다.
주저하거나 망설이고 있으면 아무 일도 일어나지 않습니다.

사람에게 이르는 문

어느 유명한 화랑에서 전시회가 열렸다.

평론가들은 눈에 띄는 몇몇 작품들을 우수작으로 뽑았지만
어느 누구도 선뜻 '최고의 작품'을 추천하지 못했다.
평론가들은 미술관장에게 최고의 작품 선정을 부탁했다.
미술관장은 후미진 곳으로 평론가들을 이끌더니
그곳에 걸려 있는 〈인간에게 이르는 길〉이란 작품을 가리켰다.
그림은 남루한 옷을 입은 백발 노인이 한 손에는 등불을 들고
한 손으로는 문을 두드리려는 모습이었다.
평론가들은 이 그림이 왜 명작인지 이해할 수 없다는 듯 웅성거렸다.
그때 한 평론가가 대뜸 물었다.
"관장님, 이 그림은 잘못 그렸네요.
손잡이가 없는 문이 세상에 어디 있습니까?"

"정말로 없을까요? 저 문은 인간에게 이르는 문입니다.
저 사람은 지금까지 누군가 밖에서 문을 열어줄 거라고 생각했습니다.
세월이 흐르고 청년은 백발 노인이 되어서야 비로소 알게 된 겁니다.
인간에게 이르는 문은 자신의 마음 안에서 열어야 한다는 것을.
진리를 알게 된 노인은 이제야 이 문을 두드릴 수 있게 된 겁니다."

세상을 사는 데 성실함도 중요하지만 지혜가 없는 성실함은 이용만 당할 뿐입니다.

남들 눈에는 쓰레기일지 몰라도

피카소는 사물을 있는 그대로 그리는 데 만족하지 않았다.

사물에서 느껴지는 다양한 느낌과 아름다움까지 표현하고자 했다.
이러한 생각은 그림뿐만 아니라 조각에서도 볼 수 있다.
어느 날 피카소는 파리의 낡은 아파트 골목을 걷고 있었다.
파리 뒷골목은 온갖 쓰레기들로 가득 차 있었는데
피카소는 사람들이 외면하는 이곳에서 많은 영감을 얻곤 했다.
막다른 골목에 다다를 즈음
낡아서 버려진 자전거 한 대가 그의 눈에 들어왔다.
피카소는 낡은 자전거에서 강인한 힘과 역동성을 발견했다.
그는 자전거를 집으로 가져와 안장과 운전대를 떼어냈다.
그리고 안장과 운전대를 용접하여 우직한 황소를 만들었다.

그 작품이 바로 〈황소 머리〉이다.

함께 사는 세상

구세군 종소리가 울릴 때면 2천여 개의 '마음의 식당'이 문을 연다.

마음의 식당은 겨울나기가 어려운 노숙자들이나 극빈자들에게
겨울 한철 음식을 제공하는 프랑스의 자선식당이다.
마음의 식당은 1985년 코미디언 미셸 콜뤼쉬가
한 끼 식사를 제공하는 소규모 무료 급식소를 열면서 시작되었다.
콜뤼쉬는 한 라디오 시사 프로그램에서
에티오피아 빈곤을 이야기하던 중 청취자와 전화통화를 하게 되었다.
"여기 프랑스에도 굶는 사람이 있지 않습니까?"
그 순간 콜뤼쉬는 말을 잇지 못했다.
그렇게 한 청취자와의 대화에서 시작된 콜뤼쉬의 마음의 식당은
이듬해 그가 42살의 나이로 세상을 떠난 뒤에도
그의 뜻을 잇자는 프랑스인들의 온정이 모아져
지금은 프랑스 최대의 자선운동으로 자리 잡았다.
프랑스 정부도 '콜뤼쉬 법'을 만들어
마음의 식당에 성금을 내면 세금감면 혜택을 주었다.

또한 프랑스는 겨울에 무주택자나 걸인들이 지하철역에서
밤을 보낼 수 있도록 지하철역의 문을 내리지 않는다.

조기 한 마리

독립운동가 김창숙은 청렴 강직함으로 '조선의 마지막 선비'로 불렸다.

그는 누가 와서 담배 한 갑이라도 놓고 가면
청탁 뇌물로 여기고 손자인 김 위를 시켜 돌려보내곤 했다.
김창숙이 성균관대학교 초대 총장을 지내던 때의 일이다.
하루는 절친한 친구가 조기 한 마리를 들고 왔다.
이야기 도중 친구는 아들이 성균관대에 시험을 보게 되었다며
아들 걱정을 풀어놓았다.
친구가 돌아간 뒤 그는 며느리를 불러
친구가 가져온 조기 한 마리를 그냥 부엌에 걸어두라고 일렀다.
한 달 뒤 그 친구가 다시 놀러 왔다.
그러자 김창숙은 며느리를 부르더니
"일전에 내가 준 그 조기 가져오너라." 하는 것이었다.
"이보게, 자네 마음이 담긴 조기는 한 달 동안 맛나게 먹었네.
이제 그만 돌려 받게."
"아니, 그럼 그 조기를 아직도 먹지 않았단 말인가?"
"자네 아들이 우리 학교 시험을 보는데다 내가 그 학교 총장인데
어찌 그 조기를 먹을 수 있겠는가."

"허허, 그럼세. 다시 돌려받음세."

3

한 사람만 있다면

용서는 세상에서 가장 강한 회초리입니다.

그럼 우리 함께 가자

1992년 스페인 바르셀로나 올림픽 육상 400미터 준결승 때 일이다.

영국의 데릭 레드먼드는 출발 신호가 울리자 힘차게 달렸다.
전력을 다해 달리던 그의 눈앞에 결승점이 보였다.
그런데 100미터도 안 되는 거리를 남겨 놓을 즈음
그는 갑자기 다리와 등에 예리한 통증을 느꼈다.
순간 그는 앞으로 넘어졌다.
오른쪽 무릎 근육이 끊어진 것이다.
트랙 밖에서 대기하고 있던 의료진들이 달려갔을 때
레드먼드는 의료진들을 밀치고 다리를 끌며 달리려고 했다.
그는 무엇에 사로잡힌 듯 절망에 찬 비명을 질렀다.
이때 한 남자가 뛰어와 레드먼드를 안았다.
그는 레드먼드의 아버지였다.
"달리는 건 포기하자. 이렇게까지 할 건 없어."
"아닙니다. 꼭 해야 합니다."
"그럼 우리 함께 가자."
두 사람은 길을 터주는 의료진들을 뒤로하고 아주 천천히 달렸다.
잠시 침묵을 지키던 관중들은 곧 자리에서 일어나 응원을 하기 시작했다.

두 사람이 결승선을 통과하자 박수소리가 경기장을 메웠다.

사랑은 새를 새장 안에 가두어 두는 것이 아니라
지친 새가 쉬었다가 더 멀리 날아갈 수 있도록 배려하는 것입니다.

인정은 사람의 운명을 바꾼다

〈만종〉을 그린 장 프랑수아 밀레는 어려서부터 그림을 잘 그렸다.

하지만 정식으로 미술 교육을 받지 못한 그로서는
그저 고향 풍경을 그리는 것이 미술 공부의 전부였다.
마을에 축제가 열렸을 때 밀레는 말을 타고 지나가는 세 사람을 그렸다.
아버지는 그 그림을 들고 동네 대장간으로 가서 자랑을 했다.
"자크, 이 그림 좀 보게. 우리 프랑수아가 그린 그림이야."
밀레의 그림을 찬찬히 들여다보던 자크는
그림을 며칠 동안 빌려달라고 하여 대장간 벽에 걸어놓았다.
세월이 흘러 밀레는 유명한 화가가 되어 고향을 찾아왔다.
허리가 굽은 한 할아버지가 그를 알아보았다.
"자네는 프랑수아가 아닌가?"
그 할아버지는 바로 밀레의 재능을 알아보았던 대장장이 자크였다.
"나는 자네 그림을 언제라도 돌려주려고 보관하고 있었지."
자크를 따라가 보니 그 그림은 여전히 대장간 벽에 걸려 있었다.
그리고 그림이 든 액자에는 다음과 같은 글이 적혀 있었다.

그뤼시에서 태어난 장 프랑수아 밀레의 그림
−밀레가 16세 때 대장장이 자크 적음

장자와 혜자

장자가 우연히 혜자의 무덤을 지나가게 되었다.

혜자는 장자의 말이면 사사건건 말꼬리를 물고 늘어지던 사람이었다.
무덤 앞에서 발을 멈춘 장자는 같이 가던 사람에게 말했다.
"옛날 초나라에 솜씨 좋은 미장이가 살고 있었다네.
미장이는 벽에 회칠을 하다 보면 코 끝에 흙이 묻곤 했는데
그럴 때는 옆에 있는 석수장이에게 그 흙을 닦아내게 했지.
석수장이는 들고 있던 도끼를 미장이의 코 앞에서 휘둘렀는데
그러면 신기하게도 흙은 깨끗이 닦여 있었고
코에는 조금의 상처도 생기지 않았다네.
어느 날 이 소문을 들은 송나라의 원군은 그 석수장이를 불렀네.
그리고는 나에게도 그렇게 해보라며 그 재주를 시험하려 했지.
그런데 석수장이는 '그때는 했지만 지금은 할 수 없다.'고 말했다는 거야.
그런 재주는 자신의 도끼 앞에 꼼짝 않고
서 있을 수 있는 미장이가 있어서 가능한 것이지,
아무에게나 가능한 것이 아니라고 한 거지."
그리고는 안타까운 듯 슬픈 목소리로 말했다.

"이제 나도 짝이 없어진 석수장이와 같아서
더불어 이야기할 상대가 없어졌으니 애석한 일이 아닐 수 없네."

내가 당신 다리만 사랑했단 말인가요?

루스벨트 대통령은 젊은 시절 갑작스럽게 소아마비에 걸렸다.

그는 다리를 쇠붙이에 의지한 채 휠체어를 타고 다녀야 했다.
깊은 절망에 빠진 그는 자신의 방에만 갇혀 지냈다.
그러던 어느 날이었다.
그날은 며칠 동안 내리던 비가 그치고 하늘이 맑게 개어 있었다.
루스벨트는 아내 엘레나의 권유로 정원으로 산책을 나갔다.
그때 엘레나가 다정하게 말했다.
"비가 오거나 흐린 날 뒤에는 꼭 이렇게 맑은 날이 오지요.
당신도 마찬가지예요.
당신은 뜻하지 않은 사고로 다리가 불편해졌지만
그렇다고 당신 자신이 달라진 건 아무것도 없어요.
이 시련은 더 겸손하게 맡은 일을 하라는 하나님의 뜻일 거예요."
"하지만 나는 불편한 몸으로 당신을 더 힘들게 할 텐데
그래도 당신은 날 사랑한단 말이오?"
엘레나는 그의 손을 꼭 잡으며 웃으며 대답했다.

"무슨 그런 섭섭한 말을 해요?
그럼 내가 그동안 당신의 다리만 사랑했단 말인가요?"

어린아이와 도둑에게도 배울 것이 있다는 말이 있듯이,
모든 사람에게는 한두 가지씩 배울 점이 있게 마련입니다

어떤 배려

윤동주의 후배 장덕순이 연희전문학교 입학시험을 볼 때의 일이다.

윤동주는 후배를 위해 미리 하숙방을 구해 놓고 역에 마중을 나왔다.
그리고는 자정이 지난 시간까지 하숙방에서 이야기하다가
기숙사로 돌아갔다.
그가 돌아간 뒤 곧 잠자리에 든 장덕순은
밖에서 창문 두드리는 소리에 깜짝 놀라 잠이 깼다.
창문 밖에 한참 전에 헤어진 윤동주가 서 있는 것이 아닌가.
"냇내(군불 땔 때 나는 연기 냄새)가 심해 숨이 막힐 수도 있으니
창을 좀 열고 자게."
윤동주는 기숙사까지 갔다가
문득 장덕순이 묵고 있는 그 방에서 예전에 학생 한 명이
냇내에 중독되어 쓰러진 일이 생각났다.

그리곤 이내 걱정이 되어 다시 어두운 길을 더듬어 왔던 것이다.

잘 웃고 잘 먹고 잘 자는 사람

1958년 인도 태생의 한 여자가 테레사 수녀를 찾아왔다.

그녀는 인도의 최상층 신분 계급인 브라만인데다 힌두교도였으며
정치학 석사 학위까지 갖고 있었다.
그녀는 테레사 수녀가 캘커타에서 하는 일들을 지켜보며
7년이라는 긴 시간의 망설임 끝에
자신이 누릴 수 있는 모든 특권을 포기하고
수녀가 되기로 결심했다고 털어놓았다.
테레사 수녀는 그녀에게 웃음 띤 얼굴로 물었다.
"잘 웃고, 잘 먹고, 잘 자나요?"
예상하지 못한 엉뚱한 질문에 그녀는 순간 당황했지만
이내 차분한 목소리로 "네." 라고 대답했다.
그러자 테레사 수녀는 환영의 뜻으로 그녀를 가만히 안아주었다.
'잘 웃고, 잘 먹고, 잘 자는 사람'

그것이 테레사 수녀가 함께 일할 사람에게 요구하는
유일한 조건이었다.

사랑하고 있습니까?

동화작가 안데르센은 평생 독신으로 살았다.

어쩌면 그것은 라보르 그보이트 때문이었는지도 모른다.
안데르센은 친구 동생인 그보이트를 본 순간 사랑에 빠지고 말았다.
하지만 그녀에겐 이미 약혼자가 있었다.
안데르센은 그 사실에 마음이 아팠지만
그녀가 자신의 시를 좋아하고 그녀에게 시를 읽어 주고
시를 적은 편지를 보낼 수 있다는 것으로 위안을 삼았다.
어느 날 안데르센은 용기를 내 편지로 사랑을 고백했다.
그러나 다음 날 하인이 가져온 그녀의 편지는 그의 기대를 무너뜨렸다.
그 편지는 그를 만나지 않겠다는 이별을 고하고 있었다.
안데르센은 70살로 세상을 떠났는데
그의 목에는 자그마한 가죽 주머니가 걸려 있었다.
그 속에는 그보이트가 준 이별의 편지가 들어 있었다.
그보이트 또한 안데르센이 자신에게 바친 시를 평생 간직했다.

이 서신들은 덴마크 오덴세의 안데르센 박물관에 나란히 보관되어 있다.

나눠줄 사랑이 많은 사람의 마음은 향을 감싼 종이와도 같습니다.
좀처럼 겉으로 드러나지 않지만 그윽한 향기로 그 가치를 알 수 있습니다.

도스토예프스키의 사랑

'안나에게 어떻게 내 마음을 전할까?'

도스토예프스키는 자기가 구술하는 소설을 받아 적는
속기사 안나를 사랑했다.
그는 곰곰이 생각한 끝에 소설로 마음을 전하리라 생각했다.
다음 날 안나는 《죄와 벌》을 완성하기 위해 그를 찾아왔다.
도스토예프스키는 갑자기 영감에 젖은 것처럼
즉흥적으로 이야기를 시작했다.
그는 이야기의 주인공인 늙고 몸도 불편한 화가가
젊고 아름다운 아가씨와 사랑에 빠진 이야기를 하다가
그녀에게 물었다.
"안나, 이런 사람을 사랑할 마음이 생길 수 있을까?"
"진실한 사랑 앞에서는 병이나 가난은 두려워할 대상이 못 됩니다.
물론 외모나 부유함도 마찬가지구요."
"그러면 안나가 그녀이고 내가 그 화가라면
당신은 내 사랑을 받아 줄 수 있겠소?"
그제서야 그의 마음을 눈치챈 안나는 당황했다.
하지만 곧 침착함을 되찾은 뒤 이렇게 말했다.
"저라면 이렇게 말하겠습니다. 당신을 사랑합니다. 평생 사랑하겠습니다."

1867년 그들은 마침내 결혼했다.

숲속 한 귀퉁이에서 묵묵히 꽃을 말아 올리는 야생화처럼
아무도 알아주지 않아도 최선을 다하는 사람에겐 분명 향기가 납니다.

눈이 되어 준 친구, 팔이 되어 준 친구

켄트 법과대학에서는 두 학생의 아름다운 우정이 전해오고 있다.

수석 졸업의 영광을 차지한 오버톤은 시각장애인이었다.
사회자가 그의 이름을 부르자 그는 연단으로 나갔다.
그런데 단 위에 선 그는 학장이 내미는 상을 마다했다.
"저 혼자 이 상을 받을 수 없습니다.
카스프리자크도 이 자리에 함께 설 수 있도록 해주십시오."
카스프리자크를 처음 본 사람들은 눈이 휘둥그레졌다.
그는 팔이 없는 장애인이었다.
입학 당시 오버톤은 교정이 낯설어 자주 건물을 헤매고 다녔다.
하루는 힘들게 계단을 오르고 있는데 카스프리자크가 다가왔다.
그리고 가는 곳까지 친히 안내해 주었다.
이렇게 만난 두 사람은 친한 친구가 되어
오버톤은 팔 없는 카스프리자크를 위해 책을 들어주었고
카스프리자크는 오버톤 옆에서 길을 일러 주었다.
또 카스프리자크는 오버톤이 책 내용을 이해할 수 있도록
큰 소리로 책을 읽어주며 함께 공부했다.

두 사람의 우정을 전해 들은 사람들은
함성과 박수로 그들이 함께 나눈 영광을 축하했다.

마음의 눈으로 그린 그림

"나이는 먹는 게 아니라 뱉는 거야."

화가 정욱진은 57살의 자신을 7살이라고 얘기하곤 했다.
73살에 세상을 떠날 때까지 500점에 가까운 작품을 남긴 장욱진.
그는 그림을 그릴 때만큼은 좋아하는 술도 입에 대지 않았다.
60대에 이르러 그는 시력이 극도로 나빠져 수술을 받아야 했다.
수술 날짜를 받아 놓은 어느 날 한 친구가 그를 찾아왔다.
그날도 그는 부인을 옆에 앉혀놓고
잘 보이지 않는 눈으로 그림을 그리고 있었다.
"노란색을 손톱만큼만 짜주시게."
그걸 찍어 어림잡아 그리는데, 바둑알보다 작은 강아지의 귀와 다리,
꼬리까지 정확하게 그려내고 있었다.
친구는 손발이 척척 맞는 부부가 신기할 따름이었다.
"그런 눈으로 강아지를 그렇게 잘 그리다니 믿어지지 않네."

"이보게, 이 강아지는 육신의 눈이 아닌 마음의 눈으로 그린 걸세."

노벨상보다 더 소중한 것

노벨상위원회는 슈바이처에게 노벨평화상 수상자로 선정되었음을 알렸다.

모두들 그가 시상식에 참석해 아프리카에서 행했던
수많은 사랑과 봉사에 대해 연설을 들려주리라 기대했다.
그러나 그는 시상식에 참석할 수 없다는 편지를 보냈다.
"많은 사람들이 선생님을 뵙고 싶어합니다. 왜 거절하십니까?"
주변 사람들과 노벨상위원회는 그가 생각을 바꾸도록 설득했지만
그의 의지는 단호했다.
"그런 과분한 상을 준 것은 고맙지만 저는 갈 수 없습니다.
시상식에 참석하려면 며칠간 진료실을 비워야 하는데 그 사이
저를 기다리는 많은 환자들은 어떻게 되겠습니까?"
사람들이 침묵하자 그는 말을 이었다.

"저에게는 상을 받는 것보다 이곳에서
한 사람이라도 돌볼 수 있는 시간이 더 소중합니다."

말을 조리 있게 못해서 속상한
사람이 많을 테지요.
그러나 상대방의 이야기를
귀담아 들어주는 사람이
이야기를 가장 잘하는 사람입니다.

미켈란젤로를 만든 스승

디 지오바니는 많이 알려지지 않은 조각가이다.

하지만 그는 유명한 조각가 도나텔로의 제자이며
화가이자 조각가 미켈란젤로의 스승이었다.
미켈란젤로가 14살이 되던 해 디 지오바니는 그를 만났다.
디 지오바니는 첫눈에 미켈란젤로의 천부적인 재능을 알아보았다.
하지만 제자로 받아들인 날부터 작은 실수 하나도 지적하며 꾸짖었다.
"이걸 작품이라고 만들었느냐? 이곳이 이상하지 않느냐!"
또한 가르칠 내용도 한 번에 일러주는 법이 없었다.
어느 날 디 지오바니가 작업실에 들어가 보니
미켈란젤로는 장난하듯 작품을 다루고 있었다.
그는 미켈란젤로가 보는 앞에서 망치로 조각품을 부숴버렸다.
디 지오바니가 말했다.

"재능은 값싼 것이다. 정말 값진 것은 노력과 헌신이다.
네가 지금 재능만 믿고 최선을 다하지 않는다면
너는 재능을 뛰어 넘는 작품을 결코 만들지 못할 거다."

이 세상에는 많은 천사들이 살고 있습니다.
가난하거나 불행한 처지에 놓은 사람을 도와주는 사람들,
이런 사람들이 바로 사랑의 천사들입니다.

우리는 이 아들을 믿습니다

"어디서 난 옷이냐? 어서 사실대로 말하거라."

아들이 입은 고급 상표의 청바지를 본 순간,
이상한 생각이 든 부부는 아들을 다그쳤다.
"죄송해요. 그만 지갑을 훔쳤어요."
"환경이 어렵다고 잘못된 길로 빠져서는 안 된다."
아버지는 아들의 손을 잡고 경찰서로 갔다.
경찰 조사 과정에서 아들의 범죄 사실이 하나 더 밝혀졌고
결국 아들은 법정에 서게 됐다.
그 사이 아버지는 아들의 탈선에 마음 아파하다가 숨을 거두고 말았다.
재판장에서 어머니가 울먹이며 말했다.
"남편의 뜻대로 아들이 올바른 사람이 되도록 엄한 벌을 내려주세요."
아들은 눈물을 흘리며 말했다.
"저 때문에 아버지가 돌아가셨어요."
드디어 판결이 내려졌다.
"불처분입니다."
벌을 내리지 않겠다는 판결에 사람들이 어리둥절해하자
판사가 그 이유를 밝혔다.

"우리는 이처럼 훌륭한 아버지의 아들을 믿기 때문입니다."

프란츠 리스트의 용서

교향시의 창시자이자 피아니스트로도 유명한 프란츠 리스트.

그가 어느 한적한 시골을 여행할 때의 얘기다.
마을은 어느 여류 피아니스트의 연주회로 떠들썩했다.
그는 피아니스트가 누구인지 물었다.
그랬더니 그 연주자는 프란츠 리스트의 제자라는 것이었다.
"내 제자라, 그런 이름은 처음 듣는데⋯⋯."
연주회에 가볼까 했지만 너무 피곤해 호텔에서 쉬고 있는데
누군가 문을 두드렸다.
리스트가 문을 열자 한 젊은 여인이 서 있었다.
"죄송합니다. 제가 선생님의 이름을 빌려 연주회를 하려고 했습니다.
그런 방법이라도 쓰지 않으면 아무도 오지 않을 것 같아서요.
하지만 제가 그렇게 해서 유명해진들 무슨 소용이 있겠습니까.
바로 연주회를 취소하겠습니다."
그러나 리스트는 여인을 호텔 음악실로 데려가 피아노 앞에 앉혔다.
"이번 음악회에서 연주될 곡 중 아무거나 쳐보시오."
리스트는 그녀의 연주를 듣고 여러 가지 소감을 들려주면서
좋은 점과 부족한 점을 자세히 일러주었다.

"자, 나는 당신을 지도했습니다.
이제 나는 당신의 스승이고 당신은 나의 제자입니다.
그러므로 당신은 나의 제자로서 연주회를 열 수 있습니다."

아무 말도 하지 않았다

그녀에게 위안이 되는 두 가지가 있었다.

하나는 글쓰기였고 또 하나는 외아들이었다.
그러던 어느 날 아들이 친구들과 여행 중에 교통사고로 죽고 말았다.
그녀는 깊은 슬픔에 빠졌다.
많은 병원을 다녀봤지만 회복될 기미가 없었다.
이제 그녀는 글 쓰는 일조차 집중할 수 없었다.
그런데 어느 순간부터 얼굴에 생기가 돌기 시작했다.
그것은 아들과 함께 죽은 친구의 어머니를 만나면서부터였다.
"그 죽은 친구의 어머니가 어떻게 했기에 의사도 못한 일이 가능했나요?
사람들의 물음에 그녀는 이렇게 대답했다.

"그분은 아무 말도 하지 않았습니다.
단지 나를 끌어안고 울어주었습니다.
그리고 나도 함께 울었습니다."

어쩌면 지금 이 시간이 지나면 일어설 기회를 영영 놓칠지도 모릅니다.

평생 나를 신임해준 사람

김구 선생이 상해 임시정부에 있을 때 한 젊은이가 찾아왔다.

김구 선생이 그를 만나려고 하자
비서는 그의 말과 행동이 의심스럽다며 만류했다.
그러나 김구 선생은 젊은이를 만나기로 했다.
젊은이는 독립운동을 하려고 일본으로 건너갔다가
가난과 병만 얻어 상해로 온 일이며,
오랜 일본 생활과 그곳에서 배운 일본어 때문에
자신이 처한 곤란한 사정을 이야기하고
당분간만 거둬 달라고 부탁했다.
김구 선생은 당시로서는 큰돈인 천원을 내주며 머물게 해주었다.
물론 차용증 같은 것도 요구하지 않았다.
이 젊은이가 바로 훗날 일왕을 저격하고
일본 형무소에서 순국한 이봉창이었다.
일본으로 떠나기 전 이봉창은 이렇게 말했다.

"내 평생 나를 신임해준 분은 김구 선생님뿐입니다.
그분이 나를 그토록 믿어주시는데 목숨이 아깝겠습니까?
나는 그분에게 나라를 사랑하는 법을 배웠습니다."

지혜로운 아내

보좌관 뉴볼드 모리스는 자신에 대한 나쁜 소문을 들었다.

그가 보좌관이라는 직책을 개인사업에 이용하고 있다는 것이었다.
소문은 점점 커져 결국 의회 특별 심문까지 받게 되었다.
의회에 출석한 그는 중상모략임을 거듭 주장했지만
의원들의 추궁은 날카로워질 뿐이었다.
그렇게 한참 화만 내고 고함을 치던 그가
양복 윗주머니에서 쪽지 한 장을 꺼내 읽더니
지금까지와는 달리 얼굴에 웃음을 지었다.
그리고 의원들의 질문에도 부드럽게 대답하기 시작했다.
한 의원이 그 쪽지에 뭐가 적혀 있는지 심문하듯이 물었다.
그러자 모리스가 대답했다.

"저는 화가 나면 목소리가 커지고 옷을 벗는 습관이 있습니다.
지금도 화를 참지 못하고 옷을 벗어 던질 요량으로
우연히 주머니에 손을 넣었는데, 제 아내가 주머니에
'여보, 아무데서나 함부로 옷을 벗지 마세요.'라고 쓴
쪽지를 넣어 두었더군요."

사랑은 날개를 달아준다

어느 날 스필버그는 학교에서 돌아오자마자 어머니를 찾았다.

"엄마, 이번엔 아주 무서운 영화를 찍을까 해요."
어머니는 이번에도 무언가 부탁할 것이 있음을 눈치챘다.
"그래? 그런데 나한테 뭐 부탁할거라도 있니?"
"네, 부엌 찬장에서 끈적끈적하고 보기 싫은 것이 흘러나오는
장면을 찍고 싶은데 부엌 좀 빌리면 안 될까요?
그리고 어떻게 끈적끈적한 것을 만들 수 있을까요?"
"글쎄다. 부엌은 얼마든지 빌려줄 수 있는데
끈적끈적한 건 한번 생각해보자꾸나."
아들이 원하는 걸 만들어주기 위해 고민하던 어머니는
다음 날 바로 가게에 가서 버찌 30통을 사왔다.
그리고는 30통 모두를 솥에 넣고 푹 삶았다.
몇 시간이 지나자 버찌를 끓이던 솥이 폭발해서
부엌 전체가 빨갛게 물들고 벽면에서는 끈적끈적한 액체가 흘러내렸다.
물론 스필버그는 어머니의 멋진 아이디어로
자신이 원하던 장면을 카메라에 담을 수 있었다.

그런데 어머니가 부엌의 버찌 얼룩과 냄새를 없애는 데 1년이 걸렸다.

계절에 상관없이 나무가 한 자리에 서 있듯
자신을 이해하고 사랑하는 친구는
한결같이 믿어줍니다.

세상에서 가장 긴 잠에 빠진 딸

72살의 오마라 할머니에게는 식물인간이 된 딸 에드워드가 있다.

30년이 넘는 세월 동안 할머니는 연속 2시간 이상 자본 적이 없었다.
당뇨 증상이 있는 딸의 혈당을 일정 수준 유지하기 위해
두세 시간마다 피를 뽑아 혈당량을 체크하고
인슐린을 주사해야 하기 때문이다.
또 소화가 쉬운 유동식을 만들어 연결된 튜브로 먹여 주고
욕창이 생기지 않도록 마른 이불로 갈아주고
자세를 바꾸어 주는 것이 할머니의 30년간 일과였다.
딸을 간병한 지 5년 만에 남편도 세상을 떠났다.
딸은 6개월을 넘기기 힘들 거라던 의사의 말이 무색하게
30년 동안 아직도 깨지 않고 있다.
할머니는 딸이 깨어났을 때 낯설지 않게 하려고 이사도 하지 않았다.
"딸애가 16살 때 혼수 상태에 빠지기 전
'나를 혼자 두지 마세요.' 라고 해서 '그러마.' 라고 대답했고
그 약속을 지키고 있을 뿐입니다."

그것이 오바라 할머니가 딸의 곁에 있는 이유다.

세상을 살면서 잊지 말아야 할 것은 세상의 모든 문제에는
반드시 정답이 있다는 것입니다.

무엇을 잊고 무엇을 기억할 것인가

어느 날 두 친구가 사막을 걸어가고 있었다.

둘은 여행 중에 문제가 생겨 언쟁을 벌이게 되었다.
감정이 격해진 한 친구가 다른 친구의 뺨을 때렸다.
뺨 맞은 친구는 아무 말도 하지 않고 모래에 이렇게 적었다.
'오늘 나의 가장 친한 친구가 내 뺨을 때렸다.'
그들은 오아시스가 나올 때까지 말없이 걸었다.
마침내 오아시스에 도착한 두 친구는
시원한 물로 갈증을 해소한 뒤 씻기로 했다.
그런데 뺨을 맞았던 친구가 발을 헛디뎌 늪에 빠지고 말았다.
그 순간 뺨을 때렸던 친구가 그를 구해 주었다.
그는 늪에서 나와 이번에는 돌에 이렇게 적었다.
'오늘 가장 친한 친구가 나의 생명을 구했다.'
"내가 너를 때렸을 때는 모래에다 적더니, 이번에는 왜 돌에다 적었니?"

"누군가가 우리를 괴롭혔을 때 우리는 그 사실을 모래에 적어야 해.
용서의 바람이 불어와 지워버릴 수 있도록.
그러나 누군가의 도움을 받았을 때는 돌에 기록해야 해.
그래야 지워지지 않을 테니까."

용서하는 이유

3살짜리 조엘 소넨버그에게 불행한 일이 일어났다.

조엘은 자동차 연쇄 추돌 사고로 전신 85퍼센트의 화상을 입었다.
50여 차례 수술을 받은 그는 거의 2년을 병원에서 보내야 했다.
세상 밖으로 나온 뒤에도 불행하기는 마찬가지였다.
화상이 남긴 흉측한 외모 때문에 사람들과 어울리기도 쉽지 않았다.
그런 그를 변화시킨 건 끊임없이 그를 격려해준 가족이었다.
발가락과 손가락은 없었지만 그는 축구선수와 농구선수로 활약했고
산악자전거와 클레이 사격도 즐겼다.
고등학교 때는 전교 학생회장에 당선되기도 했다.
그는 그렇게 자신의 삶을 긍정적으로 바꾸어 나갔다.
훗날 그는 자신을 끔찍한 고통에 빠트린 사고 운전자에게 이렇게 말했다.

"저는 당신을 용서합니다.
증오심으로 남은 인생을 허비하지 않기 위해서입니다.
증오는 더 큰 고통을 낳을 뿐이니까요."

연구실도 조수도 없지만

생화학자 프레드릭 생거는 번듯한 연구실도 조수도 없었다.

그는 대학의 생화학 교실에서 인슐린 구조에 대해 혼자 연구했다.
재료를 구하고 시약을 만들고 실험은 물론이고
결과 분석, 논문을 타이핑하는 일까지 전부 그의 몫이었다.
유일한 동료라고는 아내 마거릿 존 하우뿐이었다.
세 아이를 키우며 어려운 살림을 꾸려나가는 아내에게
생거는 늘 고맙고 미안했다.
"부족하겠지만 생활비로 써요. 고생시켜 미안하오."
"아니에요. 미안해하지 마세요."
마침내 생거가 노벨상 수상자로 선정되어 수상식에 참석한 날,
여기저기서 사진을 찍고 인터뷰 요청이 이어졌다.
"상금을 어디에 쓰실 건가요?"
한 기자가 물었다.
마거릿은 생거의 얼굴을 보면서 웃으며 대답했다.

"이 돈으로 전기청소기와 세탁기를 사겠어요."

당신 삶 또한 누군가에게는 따뜻하고 흥미진진한 이야기입니다.

아버지의 믿음

어린 시절 펠레는 맨발로 축구를 해야 할 만큼 가난했다.

아버지는 병원에서 청소일을 하며 그의 훈련생활을 지원했다.
펠레의 아버지는 술과 담배를 절대 입에 대지 않았는데
축구 선수에게 무엇보다 중요한 건강과 체력을
관리하는 일의 본보기를 보이기 위해서였다.
어느 날 펠레는 친구들과 담배를 피우다 아버지에게 들켰다.
아버지는 아들의 어깨를 감싸며 이렇게 말했다.
"넌 축구에 재능도 있고 일류 선수가 될 가능성도 있지.
그러나 담배나 술을 입에 대면 아무 소용이 없단다.
90분 동안 뛰고 싶은 대로 뛸 수 있는 체력이 안 되거든.
그러니 네 스스로 선택해라."
그리고는 낡은 지갑에서 담배 살 돈을 꺼내 주었다.

그날 이후 그는 담배에 손도 대지 않았다.

모든 인생에는 돌멩이가 있다

그동안 뭐가 그리 바빴는지, 하늘 한 번 제대로 못보고 살았다. 내가 걸어온 20대 시절, 30대 초반을 돌이켜보면 남들과 경쟁한 기억밖에 없다. 그 당시는 알지 못했다. 남들과 경쟁할수록 내 에너지가 소모되고 행복을 저당 잡힌다는 것을.

정말 어리석게 살았다. 어느 위인은 '자기 자신과 경쟁하라.'고 했는데, 나는 남들과의 싸움에서 이기기 위해 고군분투했다. 그 결과 어느 정도 성과도 있었다. 그러나 정작 마음은 황량했고 새로운 꿈과 목표라는 또 다른 과제가 주어졌다. 다시 그 과제를 해내기 위해 미친 듯이 내달렸다. 언제나 마음 한 구석은 이미 식어버린 찬밥덩이 같았다.

나는 지금에서야 인생의 중요한 교훈 한 가지를 깨닫는다. 미친 듯이 질주하기보다 때로 주위도 둘러보고 하늘도 바라보는 여유를 가질 때 진정한 행복과 성공에 가까워진다는 것을.

인생은 곧게 뻗은 아스팔트길이 아닌 비포장 길이다. 곳곳에 시련이 있기에 우리가 그동안 걸어온 발자취를 뒤돌아볼 수 있을 뿐 아니라 조금 더 겸손해질 수 있다. 그러나 대부분의 사람들은 시련이 닥치면 달아나기 바쁘다. 시련이 어떤 성격인지, 키는 얼마나 큰지 살펴보기도 전에 겁부터 집어먹기 때문이다.

우리가 걷는 인생길에는 어김없이 시련이라는 돌멩이가 있다. 시련은 냇가에 흩어져 있는 돌멩이와 같다. 시냇물이 졸졸 정겨운 소리를 내며 흐를 수 있는 것은 돌멩이 때문이다. 물의 흐름을 방해하는 돌멩이와 부딪히는 가운데 정겨운 소리가 나는 것이다.

사람은 나이가 들면 절로 인생의 진리를 깨우치게 되나 보다.
결코 혼자 살아갈 수 없다는 것을.
더불어 손 맞잡고 걸어갈 때 덜 외롭다는 것을.
인생은 마음먹은 대로 되는 일보다 안 되는 일이 더 많다는 것을.
기회보다 시련이 더 많다는 것을.

그럼에도 포기하지 않고 묵묵히 자신의 길을 걸어가야 한다는 것을.

엮은이 **김태광**

삶의 자갈길을 걸을 때 힘이 되는 이야기

돌멩이가 있는 이유

1판 1쇄 인쇄 2011년 9월 30일
1판 1쇄 발행 2011년 10월 12일

엮은이 김태광   **펴낸이** 박영철   **펴낸곳** 오늘의책
기획편집 엄영희   **마케팅** 정복순   **관리** 안상희
표지디자인 박선향   **본문디자인** 김진양   **본문사진** 설우
출판등록 제10-1293호(1996년 5월 25일)
주소 (우121-839) 서울시 마포구 서교동 377-26번지 1층
전화 02-322-4595~6   **팩스** 02-322-4597
이메일 tobooks@naver.com

책값은 뒤표지에 있습니다.
ISBN 978-89-7718-326-1 03810